Charmed

# DÉMONS SUR LE NET

*Traduit de l'américain*
*par Florence Mantran*
*et adapté pour l'édition Jeunesse*

Charmed

# Démons sur le net

Un roman original de Elizabeth Lenhard
d'après la série télévisée « Charmed »
créée par Constance M. Burge

**Édition Jeunesse**

POCKET
jeunesse

Titre original :
*Date with Death*

Série proposée par Patrice DUVIC

Loi n° 49-956 du 16 juillet 1949 sur les publications destinées à la jeunesse : novembre 2004.



ISBN 2-266-13779-4

# CHAPITRE 1

*Depuis combien de temps n'ai-je pas mis les pieds dans ce café?* se demanda Phoebe Halliwell en se laissant tomber sur la banquette.

Étudiante, elle passait ses journées au City Drip. Elle s'installait toujours à la même table, près de la fenêtre, avec ses livres, ses carnets à dessin, et commandait café sur café. Parfois, elle levait le nez pour observer d'un œil amusé les dreadlocks d'un garçon, le jean élimé d'un autre, ou elle tendait l'oreille pour écouter un artiste sans le sou qui grattait sa guitare dans un coin de la salle. Et si vraiment elle s'ennuyait beaucoup, Phoebe savait qu'elle n'avait qu'à traverser la rue pour se retrouver dans le quartier le plus cool de San Francisco, Haight-Hashbury.

*Quand j'y pense*, se dit-elle, rêveuse, *c'est grâce à cet endroit que j'ai obtenu mon diplôme.*

Phoebe n'oubliait pas quelle lutte permanente avaient représentée ces années d'université. Mais les livres n'étaient toujours pas sa tasse de thé. Elle avait bien pris quelques cours, après le lycée, à New York. Puis, de retour à San Francisco pour y vivre en compagnie de Piper et Paige, ses deux sœurs, elle avait rebondi d'un job à l'autre avant de se remettre aux études et de décrocher un diplôme universitaire en lettres et sciences humaines. Mais non sans avoir passé au moins un millier d'heures attablée au City Drip.

*Et me revoilà ici, devant une tonne de lecture*, songea-t-elle en sirotant un thé glacé.

— Voyons… murmura-t-elle, qu'est-ce que j'ai ? *Mariées d'Aujourd'hui*, *Marillages*, *Vogue Mariage*… par où commencer ?

Ouvrant la première revue de la pile, elle tomba sur une publicité montrant des demoiselles d'honneur en robe jaune citron.

— Ah, non, pas ça ! soupira-t-elle en refermant aussitôt le magazine. On passe au suivant.

Dans le deuxième, Phoebe trouva une page de conseils sur les cartons d'invitation à envoyer.

— Des cartons d'invitation… Mon Dieu, c'est vrai ! On n'a même pas encore décidé d'une date ! Et, quand on l'aura fait, personne ne sera libre ! Aucun invité ne viendra à notre mariage… Le plus grand jour de ma vie sera fichu !

Elle se cala contre le dossier de la banquette et jeta dehors un regard lugubre. Comment imaginer que le fameux « grand jour » n'était que dans quelques mois ? Phoebe adorait Cole, son fiancé, et elle ne redoutait plus de devenir l'épouse-heureuse-quisentait-la-vanille dès qu'elle aurait prononcé le « oui » fatidique. Mais la robe blanche, les fleurs, le riz, les demoiselles d'honneur, le banquet, la pièce montée… Phoebe avait vraiment du mal à s'y faire.

*C'est sans doute parce que j'ai été élevée dans une famille… très spéciale*, se dit-elle avec un petit sourire. *Je reste une sorcière, après tout !*

Elle repensa soudain au jour où elle avait fait cette incroyable découverte. Cela s'était passé dans le grenier du manoir Halliwell, la vieille demeure ancestrale où elle avait grandi avec ses deux sœurs, Piper et Prue. Furetant parmi les objets entassés là depuis des années, elle était tombée sur le *Livre des Ombres* et, parcourant une des pages, avait prononcé sans le vouloir un sortilège qui avait libéré le pouvoir magique des trois sœurs. Les filles Halliwell formaient à elles trois les *Charmed*, un trio surnaturel et quasiment invincible lorsqu'elles combattaient ensemble les démons et toutes les créatures du mal qui s'en prenaient à elles.

*Ce bon vieux Pouvoir des Trois*, songea-t-elle, amusée.

Depuis ce jour, Phoebe avait des prémonitions. Ces visions du futur permettaient aux trois sœurs de sauver des innocents contre démons, sorciers et autres mauvais esprits qui tentaient tout à la fois de conquérir et d'anéantir le Pouvoir des Trois.

Piper, quant à elle, avait appris à figer le temps et à faire exploser toutes sortes de formes, qu'elles soient humaines ou non, d'un simple claquement des doigts. Depuis peu, elle avait épousé Léo, un Être de Lumière, un ange chargé par les Anciens de veiller sur les jeunes sorcières Halliwell.

De son côté, Phoebe était tombée folle amoureuse de Cole, adjoint au procureur, dont le corps était habité par Balthazar, un puissant démon envoyé par les puissances du mal pour tuer les *Charmed.* Le jour de leur rencontre, elle ignorait encore la double personnalité de celui qui, par amour, allait dire adieu au monde des ténèbres. Mais cette décision, en provoquant la colère des forces souterraines, mettait dorénavant sa nouvelle existence d'humain en danger.

Phoebe éprouva un violent coup au cœur en songeant que le pire avait fini malgré tout par arriver. La Source, le maître du mal, avait envoyé un assassin pour éliminer les *Charmed.* Et, après de multiples tentatives infructueuses, il était arrivé à ses fins : en éliminant Prue, il avait détruit le Pouvoir des Trois. Heureusement, pour un temps seulement... Car Paige, leur demi-sœur, avait soudain fait irruption dans la vie de Piper et de Phoebe. Fille de Patty Halliwell, leur mère, et de Sam, un Être de Lumière, elle s'était très vite installée avec elles dans le manoir ancestral, et sa présence avait aussitôt aidé à reconstituer le Pouvoir des Trois. Paige avait alors découvert que, comme Léo, elle possédait la capacité de disparaître dans un nuage d'étincelles et de faire surgir des objets dans ses mains quand elle le désirait.

Phoebe soupira en songeant que les Halliwell formaient une famille bien étrange. Leur mère, Patty, n'avait-elle pas quitté leur père pour aller vivre avec Sam, son bel Être de Lumière ? Et leur grand-mère n'avait-elle pas trouvé le moyen de se marier et de divorcer six fois au cours de son existence ?

D'un autre côté, Léo et Piper ne formaient-ils pas un merveilleux couple ? *Alors, pourquoi pas moi ?* se dit-elle, rassurée…

— Je ne rêve pas ? C'est bien toi, Phoebe Halliwell ! s'exclama soudain une voix près d'elle.

Sursautant, Phoebe leva les yeux et reconnut Missy, une fille longue et mince, qui avait suivi plusieurs cours avec elle à l'université. Elle était accompagnée de Carla, une très belle blonde, qui enchaîna :

— Mais où étais-tu passée ?

— Heu… j'étais rentrée chez moi. Après tous ces examens, j'ai eu envie de faire un break.

— Toujours pleine d'humour, à ce que je vois, dit Carla en s'asseyant en face d'elle.

*Mais je t'en prie, assieds-toi, j'allais justement te le proposer*, râla Phoebe pour elle-même.

— Alors, déclara Missy, le City Drip te manquait tant que ça ?

— Oui et non… En fait, je cherchais un endroit *calme* pour lire un peu.

— Oh, mon Dieu ! s'écria soudain Carla en pointant le doigt sur la main gauche de Phoebe.

*Un endroit* calme, *j'ai dit. À mon avis, tu n'as pas compris le message.*

— C'est une bague de fiançailles… ?

— Heu… oui, avoua-t-elle en baissant les yeux sur la pierre étincelante que Cole lui avait offerte. Je me marie dans quelques mois.

— Ooooh, la chance ! s'écria Missy. Comment est-il ? Raconte !

— Il s'appelle Cole et il est… assez à cheval sur les traditions.

Elle ne mentait pas. Cole avait été un démon durant quelques centaines d'années, avant de tout abandonner par amour pour elle.

— Et je l'aime, ajouta simplement Phoebe.

— Et dire que je n'ai pas encore rencontré l'homme de ma vie, se lamenta Carla en feuilletant les magazines de mariage. Mais je viens de m'inscrire à Kiss.com ! Vous savez, le site spécialisé dans les rencontres… !

— Super, dit Phoebe en récupérant ses revues et en se levant, ravie d'avoir terminé son thé. Alors, bonne chance à vous deux. Désolée, j'ai un rendez-vous dans dix minutes… C'était sympa de vous revoir.

— Oui, pour nous aussi, reprit Missy.

— On s'appelle et on déjeune ensemble, lui lança Carla alors qu'elle atteignait déjà la porte.

— D'accord, d'accord…

Phoebe s'éclipsa aussitôt, sans se retourner.

*Pourquoi des envahisseurs contre-nature trouvent-ils toujours le moyen d'atterrir dans notre cuisine?* soupira Piper, debout devant le comptoir central occupé par la cuisinière.

Avec ses grands placards blancs et sa vieille table de chêne imposante, c'était la pièce qu'elle préférait, dans le manoir Halliwell. Mais, la semaine précédente encore, un démon primitif leur avait rendu visite et elle avait détruit le robot électrique en explosant la créature!

Aujourd'hui, elle était en train de préparer un dîner pour son ange de Léo, son Être de Lumière, qui, dans une autre vie, avait été soldat pendant la Seconde Guerre mondiale. Et, dans les années 1940, on ne mangeait pas les mets exotiques qu'elle adorait préparer. Voilà pourquoi elle devait se résoudre à lui proposer un simple plat de viande accompagnée de purée et de haricots verts.

Non pas qu'il lui déplût de faire la cuisine pour la famille – jamais elle n'était plus heureuse que lorsqu'elle préparait un repas pour tout le monde –, mais, ces derniers temps, Piper se sentait un peu en retrait par rapport à ses sœurs.

— Salut, m'man! Qu'est-ce que tu nous fais pour le dîner?

Piper leva les yeux et aperçut Paige sur le pas de la porte, un sourire rayonnant sur le visage.

*Si, en plus, je me fais traiter de maman, ça ne va pas m'arranger*, songea-t-elle avec amertume.

Elle savait que Paige ne cherchait nullement à la taquiner, mais il restait indéniable que leur relation n'était pas encore véritablement au beau fixe. Piper ne pouvait pas supporter, par exemple, le style bohème qu'affectionnait sa demi-sœur ni la façon dont elle jetait ses vêtements, ses bouquins ou autres, sur le premier meuble venu.

Cependant, elle savait aussi que Paige n'avait pas tout à fait trouvé ses marques dans le manoir Halliwell, qu'elle ne s'était pas encore totalement habituée à sa nouvelle vie de... sorcière. Aussi Piper devait-elle faire preuve de patience avec elle.

— Heu... des boulettes de bœuf, répondit-elle en réprimant une grimace tandis que Paige posait négligemment son porte-documents sur la table. Des haricots verts et de la purée.

— Encore ?

— Oui, encore. Je reconnais que je m'enlise un peu dans la routine, en ce moment.

— Non, Piper, je plaisantais, répliqua sa sœur avant de sauter sur un des tabourets du comptoir.

Saisissant un couteau et une pomme de terre, elle commença à la peler.

— Tu sais, j'étais végétarienne avant d'emménager ici. Et tes boulettes ont réussi à me persuader de redevenir carnivore.

— Merci, murmura Piper avec un sourire. Mais, c'est vrai, il faudrait que je me remue un peu. Ça fait plus d'un an que je traîne ici...

— Oh, Piper, si tu savais… Je donnerais n'importe quoi pour être mariée et tranquille comme toi.

— Vraiment ? Toi, la « fièvre du samedi soir » du *P3* ? Je t'ai déjà vue danser avec de très jolis garçons.

— Oui, et ils se volatilisent dès la fin de la danse, si tu veux savoir. Quel est l'intérêt, tu veux bien me le dire ?

— L'intérêt, c'est que tu t'amuses, résonna une voix à l'entrée de la cuisine.

Celle de Phoebe, qui venait d'arriver, le sourire aux lèvres et les bras chargés de magazines.

— C'est vrai, répondit Paige, mais, tu vois, ça ne me suffit pas. Ce serait si mal d'avoir un petit ami qui m'offre des roses le jour de la Saint-Valentin ?

— Ah, la Saint-Valentin ! reprit Phoebe en jetant ses revues sur la table. C'est pour bientôt. C'est ça qui t'angoisse ?

— Mais oui ! Quand je vois Piper et Léo qui forment déjà une petite famille, et…

— Attends ! coupa Piper. Justement, je ne suis pas encore « maman »…

Tout en disant cela, elle ressentit un pincement au cœur. Depuis un bout de temps, déjà, elle discutait « bébé » avec Léo. Mais quand des démons font irruption dans votre cuisine au rythme d'une fois par semaine, cela fait réfléchir. Pour l'instant, ils se trouvaient dans une impasse, et c'était Piper qui n'arrivait pas à se décider. Elle avait connu tant de bouleversements, ces derniers temps, qu'elle avait du mal à en préparer encore un autre.

— Oui, mais tu pourrais l'être, rétorqua Paige. Quant à Phoebe, elle est tout occupée à se préparer un nid douillet, elle aussi. Et moi ? J'en suis au stade zéro. Je n'ai pas de petit ami, pas de projet, et rien en vue pour samedi.

— Oh, dit alors Phoebe, je sais ce qu'il te faut !

— Quoi ? s'étrangla Paige. Tu… tu as trouvé quelqu'un qui me conviendrait ?

— Pas quelqu'un, quelque chose. Je suis tombée sur des copines d'université, tout à l'heure, et elles m'ont parlé d'un site Web… Kiss.com, je crois. Un site où tu peux discuter avec des garçons ! Ça pourrait peut-être t'aider ?

— Ça ne ferait pas un peu… désespéré, comme tentative ?

— Moi, je pense au contraire que ça doit être cool. Si j'étais seule, je crois que je me lancerais dans l'aventure.

— Dans quelle aventure ? retentit soudain une voix grave.

C'était Cole, qui venait d'entrer dans la cuisine par la porte du garage. Souriant à Phoebe, il lui lança :

— Bonjour, ma future moitié. Alors, de quelle aventure s'agit-il ?

— De… l'aventure d'un bon repas, lâcha-t-elle en lui déposant un baiser sur la joue. Alors, Piper, à part ces boulettes, qu'est-ce qu'il y a d'autre pour le dîner ? Je meurs de faim.

— Ah, tu ne vas pas t'y mettre, toi aussi ! riposta-t-elle en riant avant de lui jeter une pomme de terre pour qu'elle l'attrape au vol.

C'est cet instant que choisit Léo pour apparaître dans un nuage lumineux... et se prendre la pomme de terre en pleine figure.

— Hé ! s'écria-t-il en se frottant la mâchoire.

— Oups ! s'exclama Piper. Heureusement qu'elle était cuite !

— Sinon, c'est toi qui le serais, coupa Léo avec un sourire. Voilà comment ma femme m'accueille après une rude journée de travail...

— Oui, mon ange, avec de la purée et des boulettes, répondit Piper avant de lui planter un baiser sur la bouche. Comme tu les aimes !

— Merci, ma chérie. Tu es vraiment une parfaite maîtresse de maison !

*Toujours mieux que d'en être réduite à surfer sur Kiss.com*, songea-t-elle.

*Quand je pense que je suis sur le site de Kiss.com !* soupira Paige honteuse en pianotant sur le clavier de l'ordinateur familial, dans la cuisine du manoir.

— Alors, commenta-t-elle tout haut, voici Nigel, qui a désespérément besoin d'un appareil pour se redresser les dents. Non, très peu pour moi. Et, ce Nathan... je suis sûre qu'il a mauvaise haleine. Et, ooh... celui-là, avec son double menton, qu'est-ce qu'il espère ? (Étouffant un bâillement, elle ajouta :)

Ce n'est décidément pas le rêve, pour le moment. Mais… Oh, hello ! Qui es-tu, toi ?

Les yeux de Paige se braquèrent sur un splendide jeune homme aux boucles brunes, arborant le sourire de Matt Damon et les épaules de Russel Crowe. Le nom, sous la photo, annonçait Stevie Seul.

— Tiens, tiens… Ça commence à devenir intéressant.

Levant le couvercle du scanner, elle y glissa une photo d'elle, celle où elle portait son dos-nu bleu turquoise. Quand le cliché apparut sur l'écran, elle cliqua sur l'icône des messages et tapa ces quelques mots :

*Moi ? Une pince-sans-rire droguée à la caféine, avec une armoire bourrée de fringues, une chaîne hi-fi toujours poussée à fond et une passion pour mon travail. Toi ? Tu aimes le bon vin et tu sais faire rire une fille. Tu ne fumes pas mais tu danses à merveille. Tu es sympa avec ta maman et tu attends de l'amour qu'il soit un peu teinté de magie.*

— Oui, de la magie, commenta Paige.

Sur ces mots, elle amena le curseur sur l'icône ENVOI et cliqua…

## CHAPITRE 2

La circulation était dense et Paige commençait à s'énerver, au volant de sa voiture.

*Charmant*, songea-t-elle. *J'ai eu une journée stressante à la clinique en me démenant pour placer un enfant dans une famille d'accueil, et me voilà récompensée par un bel embouteillage.*

Arrivée enfin à la hauteur de sa rue, elle s'extirpa de l'avenue encombrée et, quelques instants plus tard, se gara devant le manoir Halliwell. Sortant en trombe de sa voiture, elle se précipita sur le perron, ouvrit la porte à toute volée et... se ravisa juste avant de la refermer d'un brusque coup de pied.

*Hum*... se dit-elle, *c'est vrai qu'on ne claque pas les portes chez les sorcières Halliwell.*

Secouant la tête, elle referma doucement derrière elle et se rendit directement à la cuisine. Elle y trouva Piper attablée devant l'ordinateur.

— Salut, lança celle-ci tandis que Paige s'appuyait au comptoir d'un air las. Je cherche de nouvelles recettes, quelque chose d'excitant tout en restant dans le traditionnel... Tu penses que ça existe ?

— Là, je crois que tu demandes la lune.

— Oui, tu as peut-être raison... Alors, ta journée ?

— Oh, la routine. On essaie d'améliorer les choses, et ça ne marche pas toujours comme on veut. Merci de t'en soucier, en tout cas. Mais, bon... le pire, c'est que les exemplaires uniques se font rares, ce mois de février.

— Pardon ? dit Piper en levant les yeux de l'écran. Les exemplaires uniques... ?

— On est en février, rappelle-toi. Partout où on met les pieds, on ne voit que du rose et du rouge ! À la radio, on ne diffuse en boucle que des chansons d'amour, et on voit des couples qui s'embrassent à tous les coins de rue.

— *Tu* vois des couples qui s'embrassent, corrigea Piper. Je peux donc en conclure que Kiss.com n'a encore rien donné, c'est ça ?

Une boule se forma soudain au creux de son estomac. Depuis qu'elle avait mis sa photo sur le site, deux soirs plus tôt, Paige le regrettait.

— En fait, je n'ai pas vérifié, avoua-t-elle.

— Tu veux bien me dire pourquoi ?

— Trop déprimant ! lâcha-t-elle en amenant une chaise à côté de celle de sa sœur. En fait, j'ai envoyé un message à un seul garçon... un certain Stevie Seul – tu imagines, un nom pareil... Et j'ai peur qu'il ne réponde pas, ou qu'il me trouve repoussante.

— Repoussante ?! répéta Piper en étouffant un éclat de rire. Tu y vas peut-être un peu fort, non ? Et puis, s'il te trouve repoussante, comme tu dis, peut-être que d'autres garçons t'auront trouvée tout à fait à leur goût.

— Voilà le problème, justement. Imagine que des garçons m'écrivent… et que ce soient tous de sombres idiots. Je me dirai alors que je ne plais qu'à des désœuvrés qui s'amusent sur le Web. Je n'ai pas envie d'apprendre que, finalement, mon type d'hommes c'est ça !

Aussitôt, elle se mordit la lèvre en se reprochant ce qu'elle venait de dire. C'était elle qui était stupide, au fond.

— Allez, Paige, lui dit Piper en lui repoussant doucement une mèche du front, je vais te préparer un petit thé et tu vas t'installer devant ton site. Je suis sûre que ça va donner quelque chose.

La prenant par les épaules, Piper la força à s'asseoir devant l'ordinateur.

— Fais attention, lui dit alors Paige, ne sois pas trop aux petits soins pour moi, je pourrais m'y habituer.

— Oui, c'est ça… Maintenant, va sur ton site et regarde ce qui s'y passe. Pendant ce temps, je te prépare une décoction dont tu me diras des nouvelles.

Après s'être connectée sur le site de Kiss.com, Paige tapa son mot de passe puis retint son souffle. Une fenêtre s'ouvrit alors.

*Vous avez reçu quarante-trois baisers*, lui annonça le message qui l'accompagnait.

— Waouh ! s'exclama-t-elle. Hum… Piper, fais-moi une théière géante, s'il te plaît. Je crois que je ne suis pas sortie de cette cuisine.

Une heure plus tard, Paige était encore en train de répondre à ses « soupirants électroniques ».

Beaucoup des premières réponses qu'elle avait lues se révélant plutôt décourageantes, elle s'était empressée de les supprimer.

Puis elle cliqua sur un message émanant d'un certain… Stevie Seul. Il avait l'air absolument charmant et lui proposait de se rencontrer le lendemain dans un café.

Et, après lui – Piper avait raison – les choses parurent aller de mieux en mieux. Un médecin à la superbe chevelure blonde lui demandait un rendez-vous ; un avocat aux idées politiques semblables aux siennes lui écrivait un message enflammé ; et un surfeur lui envoyait un poème délirant.

À présent, Paige lisait le portrait d'un fantasque fabricant de glaces !

— Bien sûr, monsieur Häagen-Dazs, répondit-elle en souriant. Pourquoi ne pas se retrouver devant un sorbet à la framboise… disons, mardi prochain, à 16 heures ?

Comme elle cliquait sur ENVOI, un éclair ultrabref jaillit de l'ordinateur. Si rapide qu'elle crut que c'était un effet de son imagination.

Paige passa au soupirant suivant : un vétérinaire aux boucles rousses et aux yeux verts, flanqué de cinq frères et sœurs.

— Trop beau pour être vrai, dit-elle en tapant : *Un café, demain soir ?*

Puis elle envoya son message.

Un clic. Un flash.

— Ça continue, on dirait... murmura-t-elle d'un air incrédule. Qu'est-ce qui se passe avec l'ordi ? Il faudra que j'en parle à Piper. Oh ! Et celui-là ? Un assistant social ? C'est tout à fait mon genre.

Un nouveau clic... et un nouveau flash.

Paige passa en revue les quarante-trois propositions, puis revint sur les plus intéressantes. Elle répondit à celles qui lui avaient échappé et envoya ses derniers messages.

À chaque clic, il y eut un flash.

— Incroyable, dit-elle en se levant.

Elle fut alors saisie d'une sorte d'étourdissement qui l'obligea à prendre appui sur la table.

— Oooh, soupira-t-elle, tous ces admirateurs, ça me monte à la tête.

— On se plaint ? demanda Piper en apparaissant dans l'entrebâillement de la porte.

— Qu'est-ce que ça donne ? ajouta Phoebe, derrière elle.

— Super ! répondit-elle en se redressant. La semaine prochaine, j'ai des rendez-vous pour le déjeuner, pour le thé, pour le dîner, et même pour prendre un verre en soirée. La reine de Kiss.com, c'est moi !

— Je crois que je viens de créer un monstre, dit Piper en regardant la liste que Paige avait copiée sur son Palm. Tu vas vraiment rencontrer tous ces types ?

— Ne vous en faites pas, les filles, dit alors Paige, je saurai contrôler la chose. Je vais juste jeter un coup d'œil sur eux et me concentrer ensuite sur les trois ou quatre meilleurs.

— Trois ou quatre ! répéta une voix derrière elle.

Paige fit volte-face pour apercevoir Léo, les bras croisés, appuyé contre l'encadrement de la porte.

— Tu comptes sortir avec deux ou trois hommes à la fois ? Tu ne crois pas que tu vas un peu vite en besogne ?

— Léo ! intervint Phoebe. Elle ne fait rien de mal ! On est au vingt et unième siècle, je te rappelle. Les femmes travaillent aujourd'hui, elles votent et elles rencontrent des garçons.

— J'en suis tout à fait conscient, rétorqua-t-il sur un ton sec. Tu as dû remarquer que j'étais marié avec une femme d'affaires, non ?

— Oh, ça va, protesta Piper.

— D'accord, d'accord, reprit Paige en s'interposant entre sa sœur et son beau-frère. J'adorerais entendre ces reparties plus que rétro mais il faut que je me prépare. Mon premier rendez-vous est pour le dîner et... Oh, c'est dans deux heures à peine !

— Tu plaisantes, Paige ! s'indigna Piper. Là, je crois que Léo a raison. C'est vraiment trop rapide.

— Ne les écoute pas, intervint Phoebe en lui passant un bras sur l'épaule, je vais t'aider à te préparer. Tu vas connaître une des joies d'être une fille Halliwell : je te propose un raid dans le placard de ta sœur.

— Tu as tout deviné, répondit Paige avec un immense sourire.

Suivant Phoebe dans l'escalier, elle se surprit à siffloter une stupide chanson d'amour qu'elle avait entendue un peu plus tôt dans sa voiture.

Phoebe avait beau entendre Paige parler, elle ne comprenait pas un traître mot de ce qu'elle disait.

— Attends, lui lança-t-elle en s'extirpant des profondeurs de son placard.

Elle tenait dans une main une minijupe de cuir vert et, dans l'autre, un bustier de jersey noir. Les jetant à Paige, assise sur le lit au milieu d'un amoncellement de vêtements plus sexy les uns que les autres, elle déclara :

— Je n'ai rien entendu de ce que tu m'as dit.

— Je disais que tu me paraissais plus emballée que moi à l'idée de ce rendez-vous, répondit Paige avec un sourire amusé.

Phoebe demeura un instant perplexe. Pourquoi, en effet, se donnait-elle tant de mal pour quelque chose qui ne la concernait même pas ?

Balayant la question de son esprit, elle expliqua :

— Non, j'essaie seulement de t'aider un peu. Tu sais, je n'ai pas l'habitude de jouer aux grandes sœurs, et je dois avouer que ça me branche assez.

— Ça aussi, ça me branche, reprit Paige en considérant le bustier noir. J'espère seulement que ce Josh Skilling saura me faire passer un bon moment.

Phoebe se figea.

— Josh Skilling, tu as dit ? demanda-t-elle d'une voix blanche.

— Oui... Pourquoi ? Oh, tu le connais ! Ça se voit sur ta figure. Non, ne va pas me dire que c'est un nul, un monstre ou je ne sais quoi ! S'il te plaît, Phoebe...

— Non, ce n'est pas un monstre... répliqua-t-elle en sentant son insouciance fondre comme neige au soleil. Et ce n'était pas un nul non plus. Au moins jusqu'à ce qu'on ne soit plus ensemble...

— Quoi ? s'étrangla Paige dont la peau déjà claire se mit à pâlir davantage. Tu veux dire que mon rendez-vous de ce soir c'est... ton ex ?

— Eh bien... oui, lâcha-t-elle en se laissant tomber sur le matelas à côté d'elle.

— Bon, j'annule, rétorqua-t-elle avant de sauter du lit pour s'emparer du téléphone. Sortir avec l'ex de sa sœur, c'est complètement tabou !

— Non, attends, lui lança Phoebe en se forçant à sourire. Paige, je suis fiancée avec Cole. Qu'est-ce que ça devrait me faire ? Et puis, c'est moi qui ai arrêté avec Josh.

— O.K., mais, dans ce cas, pourquoi as-tu l'air si stressée ?

— Je ne suis pas stressée, je t'assure, répondit-elle avec un petit rire nerveux.

Comme Paige la regardait d'un air sceptique, Phoebe reprit :

— D'accord, je vais tout te dire. Je suis sortie avec Josh pendant quelques mois, il y a environ cinq ans, et, au début, c'était le rêve.

— Et après ? demanda Paige en s'asseyant par terre avant de replier les jambes sous elle.

— Il a brusquement changé. C'était comme si, tout d'un coup, il ne pouvait plus me regarder en face. Il est devenu distant, maussade. J'ai essayé de lui parler, tu vois, pour savoir s'il traversait un moment pénible ou quelque chose dans le genre... Mais il m'a immédiatement fait taire. Et, après, il est toujours resté dans cet état bizarre. En fin de compte, je me suis dit qu'il ne me restait qu'une chose à faire : rompre avec lui... Tu sais, on vit tous, un jour ou l'autre, une relation dans laquelle on n'arrive pas à comprendre ce qui va de travers. Et pour laquelle on ne trouve jamais ce qui pourrait fonctionner... Eh bien, c'était ça que je vivais avec Josh.

— Josh ? répéta une voix masculine.

Phoebe sursauta.

— Cole ! s'exclama-t-elle en découvrant son fiancé à l'entrée de sa chambre.

Il portait un jogging et avait une serviette roulée autour du cou.

— Je n'écoutais pas aux portes, je le jure, l'interrompit-il en souriant. Je partais au gymnase et je passais te dire un petit au revoir. Alors… ce Josh ?

— Josh ? Oh, non, ce n'est rien.

— C'est… un ami ?

— Un ex-ami, s'empressa de préciser Paige.

*Ah, merci, petite sœur…* souffla Phoebe. Non pas qu'elle essayât de cacher quoi que ce soit à Cole, elle pouvait tout lui dire. Mais, parler de ses ex-petits amis… à quoi bon ?

— Enfin, voilà… on était en train de chercher la tenue idéale pour le rendez-vous de Paige, ce soir.

Saisissant un pantalon de satin rouge, elle demanda :

— Qu'est-ce que tu en penses, Cole ? Est-ce que ça te rendrait une femme attirante ?

— Ça m'*a rendu* une femme attirante, répliqua-t-il aussitôt. Tu le portais le jour de notre deuxième rencontre, souviens-toi.

Phoebe lui renvoya un sourire étonné. Il se rappelait donc ce détail ? Décidément, Cole avait encore le don de la surprendre.

— Alors, qui est l'heureux élu, Paige ? interrogea-t-il avec un sourire en coin.

— Oh… Josh, répondit-elle avec un haussement d'épaules.

— Josh ? L'ami de Phoebe ?

— L'ex-ami ! corrigèrent-elles en même temps.

— D'accord, je vois. L'intrigue s'épaissit. Je ne sais pas de quoi il s'agit mais...

— Cole, mon ange, il n'y a aucune intrigue. C'est juste une vieille histoire.

Après un clin d'œil à Paige, elle ajouta :

— Et, peut-être, une nouvelle romance.

## CHAPITRE 3

Paige en était à la deuxième étape de sa soirée avec Josh Skilling – le classique verre d'après-dîner – et elle n'était pas heureuse. Sirotant un tonic au cassis, elle soupira en regardant d'un air absent le groupe qui se démenait sur la scène du *P3*.

Elle jeta un coup d'œil furtif à sa montre.

*Onze heures moins vingt. Mon Dieu, la dernière fois que j'ai regardé l'heure, il était dix heures et demie. Là, je suis très mal…*

Ses yeux se posèrent discrètement sur Josh, ce qui la fit soupirer de nouveau.

*Est-ce bien ce Josh qui a tourné la tête de Phoebe pendant si longtemps ?* songea-t-elle tristement. *Qu'est-ce qu'il a de mieux que les autres ? De superbes cheveux bruns et ondulés, des yeux d'un bleu lumineux, une mâchoire coupée au cordeau, des épaules d'athlète… Hé, mais c'est un type canon que je suis en train de décrire, là ! Alors, comment se fait-il qu'il me soit complètement indifférent ?*

Et pourtant, quand elle y pensait, ils avaient eu une conversation plutôt cool pendant le dîner. Josh lui avait raconté, non sans humour, son enfance dans l'Ohio. Et, quand elle lui avait annoncé qu'elle ne buvait pas, il avait tout simplement annulé le vin qu'il avait commandé.

Alors, pourquoi Paige se surprenait-elle à bâiller et à attendre avec impatience que cette soirée s'achève ? Et pourquoi avait-elle l'impression d'avancer dans un brouillard aussi épais qu'une purée de pois ?

— Tu crois qu'il y avait des calmants dans notre dîner ? hasarda-t-elle en souriant.

Elle vit, comme dans un ralenti, son beau visage se tourner vers elle.

*Mais qu'est-ce qu'il a ?* s'inquiéta-t-elle.

— Comment ? interrogea-t-il en criant pour se faire entendre par-dessus la musique.

— Un calmant… tu ne crois pas qu'ils ont mis un calmant dans notre repas ?

— Ah… Oui, c'est vrai qu'ils s'activent beaucoup sur la piste. Tu n'as pas envie d'y aller ?

*O.K., laisse tomber…*

Il était drôle. Et charmant, c'était sûr. Mais, tout au fond d'elle-même, quelque chose l'empêchait de rire et de s'abandonner totalement.

*Je ne suis vraiment pas à la hauteur*, se dit-elle. *Josh est adorable, il fait tout pour que je passe un bon moment. Et pourquoi est-ce que je ne m'amuse pas ? Qu'est-ce qui m'arrive ?*

Tout en avalant une longue gorgée de son cocktail sans alcool, elle se prit à contempler le profil émacié de Josh. Que faire pour que le charme agisse ? Lui effleurer l'épaule, s'approcher de lui...

Pourtant, Paige demeura immobile.

Mais Josh avait dû sentir qu'elle l'observait car il se tourna vers elle. L'espace d'une seconde, leurs regards se rencontrèrent et elle sursauta. Ses yeux avaient une lueur étrange, étincelante, qui la mit mal à l'aise. Un courant électrique passa soudain entre eux.

*Enfin*, pensa-t-elle, *ça commence à pétiller entre nous !*

Mais, dès que Josh se détourna, le semblant d'énergie qui paraissait se développer entre eux se dissipa... au moment précis où les musiciens terminaient leur morceau et annonçaient qu'ils faisaient une pause d'une vingtaine de minutes.

Comme les bavardages des clients emplissaient le bar, Paige et Josh se retrouvèrent l'un en face de l'autre, embarrassés, ne sachant que dire. La jeune femme ouvrit la bouche pour prononcer une parole, quelque chose, n'importe quoi, mais tout ce qu'elle parvint à articuler fut :

— Super, cet orchestre ! Mais, tu sais, je dois me lever très tôt, demain, et...

— Oh, moi aussi, rétorqua-t-il aussitôt.

Paige eut presque l'impression de le voir soulagé.

— Mais, euh... c'était amusant, ajouta-t-il.

— Oh, oui, très amusant ! reprit-elle sans enthousiasme.

Pourquoi s'ennuyer à simuler ? Cette soirée était un fiasco total. Et puis, le lendemain, elle avait deux autres rendez-vous qui l'attendaient.

L'après-midi suivant, Paige était enfin capable d'avancer une théorie.

Après deux nouvelles tentatives absolument désastreuses – un cappuccino avec le garçon le plus ennuyeux qu'elle ait jamais connu, et un déjeuner avec le fameux Stevie Seul –, elle en était arrivée à la conclusion que les rencontres par Internet étaient totalement nulles.

À peine assise dans sa voiture, elle s'était jetée sur son portable et avait appelé le manoir Halliwell.

— J'ai une théorie, annonça-t-elle à la première personne qui décrocha.

— Qui est à l'appareil ?

— Ah, Phoebe… C'est Paige. Je croyais qu'entre sœurs on n'avait pas besoin de s'identifier au téléphone…

— Désolée, mais la télé est allumée. Je n'ai pas reconnu tout de suite ta voix. Alors, qu'est-ce que c'est, ta théorie ?

— Ma théorie, c'est que Kiss.com, ça craint !

— Oh, Paige, attends un peu. Tu n'as encore vu qu'une personne.

— Trois, corrigea-t-elle.

— Trois, déjà ! Mais, dis-moi, tu ne perds pas de temps.

— Si, peut-être, justement, rétorqua-t-elle en se glissant dans le trafic pour retourner travailler. Je ne sais pas ce qui se passe, mais tous ces rendez-vous se sont révélés complètement creux. Les garçons ne savent pas rire, ils sont loin d'être aussi mignons que sur leur photo et, résultat, je m'ennuie à mourir avec eux.

— C'est bizarre, reconnut Phoebe.

— C'est déprimant, oui. D'habitude, je suis la reine pour engager une conversation mais, avec eux, je ne trouve rien à dire. Je te le répète : Kiss.com, c'est nul !

— Alors... qu'est-ce que tu vas faire ?

— Qu'est-ce que je *peux* faire, plutôt ? Ce soir, j'ai un autre rendez-vous qui m'attend ; un dîner avec un avocat nommé Max Wolf. Je suis sûre qu'il sera aussi ennuyeux que les autres, mais je vais quand même tenter ma chance une dernière fois.

— Essaie de t'amuser, cette fois. Peut-être que celui-là sera le bon.

— Le garçon idéal... fourni par Kiss.com ? marmonna Paige avant de raccrocher. Je n'y crois pas du tout.

*C'est vraiment le garçon idéal*, se surprit à songer Paige, quelques heures plus tard.

Assise à une toute petite table dans un restaurant italien, elle contemplait d'un air béat l'apollon qui l'accompagnait. Avant même la fin de l'entrée, elle était déjà totalement conquise.

Max Wolf avait une beauté sauvage qui la fascinait. A priori, elle n'adorait pas la façon dont ses cheveux noirs et luisants étaient lissés en arrière, et son look était à l'opposé des garçons sur Kiss.com, et pourtant… quelque chose chez lui la captivait.

Peut-être était-ce son regard brun doré, presque jaune, qui la subjuguait. Toujours est-il qu'elle n'arrivait pas à en détacher ses yeux.

— Ah, dit-il en pelant un petit artichaut romain, je n'ai mangé que ça durant mon enfance. De la nourriture italienne pure et dure.

— Euh… excusez-moi mais… Max Wolf, ça ne me semble pas du tout italien.

Comment tutoyer un tel homme ? Cela lui paraissait impossible.

— C'est vrai, reprit-il avec un sourire envoûtant. En fait, je suis un juif de New York. Avez-vous déjà mangé du pain azyme ? Ma mère nous en faisait pour nous récompenser quand nous étions sages. Puis elle s'est spécialisée dans la cuisine italienne… pour devenir un des chefs les plus connus de New York. Nous mangions des pâtes fraîches quasiment tous les soirs.

— C'est fou ! s'exclama Paige en riant. Et qu'est-ce que vous aviez comme dessert ?

— Ce que nous aurons ce soir, répondit-il doucement. La meilleure crème brûlée que vous avez jamais goûtée. Garçon !

La soirée continua ainsi. Max avait les mots parfaits, les gestes parfaits. Et, après l'avoir reconduite chez elle, il l'accompagna jusqu'à la porte du manoir et lui offrit le parfait baiser.

— Hum... murmura-t-il en posant sur elle un regard luisant, vous n'êtes pas exactement ce que je m'attendais à trouver sur Kiss.com.

— C'est précisément ce que j'allais vous dire, répliqua Paige d'une voix rêveuse.

Fermant les yeux, elle lui tendit sa bouche pour un autre baiser.

— Non, lui souffla-t-il alors en lui effleurant la joue des lèvres. Il vaut mieux attendre notre prochain rendez-vous, vous ne croyez pas ?

*Il me propose un autre rendez-vous...* se dit-elle en sentant son cœur battre la chamade.

— Oh... oui, oui, bien sûr. Quand ?

— Dimanche ?

— Parfait. Appelez-moi.

Lorsqu'elle se glissa en silence dans le vestibule du manoir, Paige fut saisie d'un étrange étourdissement. Prenant appui contre la porte, elle sentit sa tête tomber lourdement en avant, comme si elle pesait plusieurs tonnes. Mais, au bout d'un instant, le malaise passa.

*Humm...* songea-t-elle en se dirigeant vers l'escalier. *Une soirée d'enfer...*

Léo, Piper et Phoebe discutaient devant un copieux petit déjeuner lorsque Paige les rejoignit à la cuisine. Se laissant tomber sur une chaise, elle lâcha :

— Je te dirai juste deux mots, Phoebe : Max Wolf.

— Ah ! Soirée réussie, donc.

— Un rêve ! répondit-elle, aux anges. C'était trop bizarre, en fait. Avec Max, j'étais comme sur un nuage. Tout était net et clair, j'étais… oui, c'est ça, j'étais au septième ciel.

— Dis donc, ça ressemble plus à l'ascension de l'Himalaya qu'à un rendez-vous galant, ton histoire, plaisanta Phoebe.

— Vois ça comme tu veux mais ce que je sais, c'est que Max est le bon ! Je ne chercherai pas plus loin.

Bondissant sur ses pieds, elle se rua soudain dans l'entrée pour y récupérer son sac. Lorsqu'elle revint à la cuisine, elle avait son Palm à la main.

— Qu'est-ce que tu fais avec ça ? lui demanda Phoebe.

— J'annule mes autres rendez-vous, tiens. Tu ne crois pas que je vais m'y rendre, maintenant que j'ai Max.

— Max ? demanda une voix masculine à la porte. Qui est ce Max ?

— Oh, bonjour, Cole ! s'exclama Phoebe alors qu'il venait lui déposer un tendre baiser dans le cou. Tu arrives à temps. Paige allait faire quelque chose de complètement fou.

— Qu'est-ce que je fais de fou ? protesta-t-elle. Hier, tout le monde m'accusait d'aller trop vite en besogne et de me précipiter dans les bras du premier venu. Et, maintenant que j'ai rencontré un garçon génial, je me fais traiter de folle.

— Tu ne trouves pas que c'est un peu tôt pour t'engager à ce point avec ce Max? intervint alors Piper. Tu le connais à peine…

— Attends, j'ai bien vu ce qu'il valait, hier soir. Il est complètement différent des autres!

— Paige, reprit Phoebe, si tu songes vraiment à faire de Max ton petit ami, je te conseille de continuer à voir les autres.

— Mais… pourquoi? Ça ne veut rien dire!

— Si, écoute. La base d'une romance, c'est ça: l'amour ne te trouve que lorsque tu cesses de le chercher.

— Ah, bon… dit-elle, peu convaincue, pendant que Cole jetait à Phoebe un regard amusé.

— Tu es amoureuse de Max? poursuivit Phoebe. Dans ce cas, laisse-le se rendre compte que tu plais aussi à d'autres garçons. Ne te montre pas trop disponible. Le désespoir aura tôt fait de le submerger.

— Phoebe, observa Cole en lui volant un toast, je ne te savais pas machiavélique à ce point. Je commence à me demander quelles ruses tu as bien pu employer quand on s'est rencontrés, tous les deux.

— Aucune pour toi, Cole, lui assura-t-elle. On est tombés amoureux, on s'est brisé le cœur, on est retombés amoureux et, maintenant… on vit heureux. Pour longtemps, j'espère. Le standard, quoi.

— Le standard… répéta-t-il. Pour moi, peut-être, mais pas pour toi. Tu étais déjà une fille extraordinaire bien avant notre rencontre.

Phoebe baissa vivement les yeux sur son assiette. Jamais elle n'avait osé espérer trouver un jour cette âme sœur mythique. Cole avait fait irruption dans son cœur presque malgré elle. Et, aujourd'hui, elle franchissait la dernière ligne droite avant son mariage. Cette seule idée lui faisait un peu tourner la tête.

Cole la regarda alors comme s'il avait lu en elle.

— Je ne suis pas Josh Skilling, articula-t-il d'une voix grave. C'est peut-être ce que tu voudrais…

— Non, Cole. Bien sûr que non.

— Tu en es certaine ? Parce que c'est sans doute très excitant de se laisser séduire par un garçon qui a de la glace dans les veines.

— Cole ! s'écria-t-elle d'un air indigné avant de se lever brusquement. Bon, vous avez tous fini ? Je débarrasse.

Évitant le regard de son fiancé, elle attrapa son assiette et ses couverts, contourna le coin de table où se tenait Paige pour récupérer son bol quand ses doigts effleurèrent le Palm de sa sœur.

C'est alors qu'elle sentit survenir une crise qu'elle connaissait bien.

Le souffle coupé, Phoebe se vit plonger dans un espace nébuleux et aveuglant, puis son esprit fut bientôt envahi d'images fracassantes. Elle était aux prises avec une violente prémonition.

*Deux amoureux sont enlacés, appuyés contre un mur de brique. Blonde et élancée, la femme a le bras passé autour du cou de son ami qui l'embrasse. Subitement, sa main se crispe et elle commence à se débattre, cherchant manifestement à lui échapper. Alors qu'elle parvient à se dégager un peu, sa poitrine… sa poitrine baigne dans le sang !*

Et la scène se répéta. À plusieurs reprises. Les acteurs changeaient mais le scénario restait le même.

Phoebe émergea de sa vision lorsque la troisième fille s'effondra, sa main blême atterrissant avec un bruit sourd dans une mare rouge et visqueuse.

Haletant, elle sentit l'assiette qu'elle tenait encore lui échapper et se fracasser à ses pieds. Saisie par une violente douleur, elle se prit les tempes entre les paumes et se laissa tomber à terre en gémissant.

— Phoebe ! s'écria Cole en se ruant sur elle avant que sa tête ne heurte le sol. Qu'est-ce que c'était ? Qu'est-ce que tu as vu ?

Elle regarda son fiancé et tenta d'oublier le sentiment d'hostilité qui s'était immiscé entre eux quelques instants plus tôt.

## CHAPITRE 4

Moins d'une demi-heure après la terrible prémonition de Phoebe, Darryl Morris, appelé par Piper, se présenta au manoir.

— Salut, vous tous ! lança-t-il en pénétrant dans le vestibule.

L'accueillant avec un sourire soulagé, Piper lui tendit une tasse de café.

*Qu'est-ce qu'on ferait sans lui ?* se demanda-t-elle avec un lourd soupir. *On a vraiment de la chance d'être devenues amies avec un inspecteur de police, qui non seulement nous laisse l'aider sur certaines affaires étranges mais, en plus, ne s'étonne pas de nos pouvoirs surnaturels. D'autre part, jamais on n'a eu à craindre qu'il ne dévoile notre secret.*

— Alors, est-ce que la vision de Phoebe a une signification pour toi ? lui demanda-t-elle en l'entraînant vers le jardin d'hiver où se prélassaient les autres.

Encore pâle et secouée, Phoebe se reposait dans un des fauteuils en osier qui meublaient la véranda. Ses prémonitions semblaient toujours la vider de son énergie. Parmi les pouvoirs des trois sœurs Halliwell, c'était certainement celui-ci le plus éprouvant, et Piper en ressentait souvent de la culpabilité.

S'asseyant près de Phoebe sur l'accoudoir, elle lui passa un bras autour des épaules tandis que Darryl leur parlait.

— Je m'apprêtais à vous téléphoner quand tu m'as appelé, Piper, dit-il avant de se laisser choir dans un fauteuil. Il y a eu trois meurtres, la nuit dernière – tous très semblables. Et, sans aucun doute, d'ordre surnaturel.

— Qu'est-ce qui te fait dire ça ? demanda Paige sur un ton alarmé. Qu'est-ce qui leur est arrivé ?

— Les corps sont toujours en observation au laboratoire mais, d'après les premiers constats, aucune arme n'aurait été utilisée.

— Je ne comprends pas... déclara Phoebe, il y avait tellement de sang dans ma vision.

— Rien d'étonnant à ça, reprit Darryl sur un ton grave. Ces filles ont eu tout bonnement le cœur arraché. Et je ne connais aucun humain capable de commettre une telle horreur avec ses seules mains nues.

Piper frissonna à cette précision.

*Ce sont les moments que je hais le plus dans notre vie de sorcières*, se dit-elle. *Quelle personne normale accepterait de combattre un démon ou un sorcier toutes les semaines ?*

Elle se leva d'un air las et lâcha :

— Bon, les filles, vous savez ce qu'il reste à faire... Le *Livre des Ombres*. On a des démons à localiser.

— On y va, répondit Phoebe.

— Bon, je crois que je ferais mieux d'annuler mon rendez-vous de déjeuner, fit Paige.

— Ce n'est peut-être pas une bonne idée, intervint Léo.

Debout derrière elle, il affichait la mine pensive qu'il prenait toujours lorsqu'il se trouvait en mode Être de Lumière.

— Phoebe, tu as eu ta vision juste après avoir touché le Palm de Paige, c'est ça ?

— Oui. Du moins, je crois que c'est ça qui l'a déclenchée.

— Alors... ce qu'il y a dans ce Palm pourra peut-être nous mener à ce démon.

— Quoi ?! glapit Paige. Mais j'ai toute ma vie, là-dedans ! Les adresses de tout le monde, le calendrier de l'année dernière... Comment est-ce qu'on va faire pour analyser tout ça ?

— D'accord, le Palm n'est peut-être pas le meilleur moyen de localiser ce démon, reconnut Piper. Mais les victimes, elles, pourront nous conduire à lui. Darryl, tu sais quelque chose sur elles ?

— Elles ont à peu près toutes le même profil : jolies, célibataires, vingt-cinq ans environ. Et elles s'appellent...

Il feuilleta un dossier et lut :

— Christy Farthington, Betsy Pollack, Carla Janowski.

— Quoi ?! s'écria Phoebe. Carla Janowski ? Mais je la connais ! Je l'ai vue il y a trois jours à peine !

— Tu rigoles ou quoi ? s'exclama Piper avant de s'excuser. Oh, Phoebe, je suis désolée, je ne voulais pas... C'était une amie proche ? Jamais je ne t'ai entendue en parler.

Les larmes aux yeux, Phoebe se laissa de nouveau choir dans son fauteuil en osier.

— Non, on avait des cours ensemble, répliqua-t-elle d'une voix tremblante. Je ne l'adorais pas, en fait, mais elle ne faisait de mal à personne. Je n'arrive pas à croire qu'elle a été tuée... surtout de cette manière.

S'asseyant au bord de la table basse, Darryl se pencha vers elle et lui dit :

— Phoebe, essaie de te rappeler. Carla t'a-t-elle dit quelque chose qui pourrait nous mettre sur la voie ?

— Je ne sais pas... Elle était tout excitée d'apprendre que j'avais du boulot. Et aussi, elle se plaignait de n'avoir toujours pas de petit ami.

Elle sursauta soudain et se tourna vers Paige.

— C'est Carla qui m'a parlé de Kiss.com, souffla-t-elle, une main sur la bouche. Elle venait de s'y inscrire.

— Voilà un indice intéressant, dit Léo avant de s'adresser à Paige. Ce qui veut dire que tu as intérêt à aller à ton rendez-vous, ma belle.

— … que *vous* avez intérêt à ce que j'y aille ! corrigea-t-elle en bondissant du canapé où elle était installée. Et si mon rendez-vous d'aujourd'hui, c'est ce tueur en série ? Vous rigolez ! Je ne vais pas me jeter dans la gueule du loup !

— Si c'est lui, reprit-il, je te téléporterai hors de ses griffes. Tu ne crois tout de même pas que je vais t'envoyer seule là-bas ?

Piper vit Paige se détendre une fraction de seconde.

— Écoute, lui dit-elle. Il y a peu de chances pour que le garçon avec qui tu as rendez-vous soit un démon. Aucun de tes soupirants n'a tenté de t'arracher le cœur, jusque-là ?

— Pas mortellement, tout au moins, observa Cole avec un fin sourire.

— Tu dois avoir raison, admit Paige. Et, si Léo est avec moi, tout devrait bien se passer.

— Parfaitement, fit soudain Phoebe en jaillissant de son fauteuil.

Elle émergeait enfin après le choc de sa vision.

*Quand Phoebe monte comme ça sur ses grands chevaux*, songea Piper avec un sourire, *mieux vaut se tenir à l'écart.*

— Alors, voilà le plan, annonça-t-elle avec détermination. Paige et Léo vont scanner ton « rendez-vous » pour vérifier qu'il n'a ni cornes ni écailles. Et, pendant ce temps-là, Piper et moi, on va se plonger dans le *Livre des Ombres*.

— Tu ferais presque passer ça pour une partie de plaisir, remarqua Paige.

Lentement, elle se leva, gagna le vestibule et prit son sac.

— Tu verras, Paige, lança Phoebe derrière elle, au bout de quelques années passées à vivre dans la peau d'une sorcière, tout ça te semblera très normal.

— C'est, hélas, la triste vérité, enchaîna Piper. Allez, les enfants, au boulot, maintenant !

Trois quarts d'heure plus tard, dans le grenier du manoir Halliwell, Phoebe laissait se promener un cristal au-dessus d'un plan de San Francisco. La pierre était censée tomber lorsqu'elle survolait un endroit où se cachait un démon.

— Alors, est-ce qu'il dit quelque chose ? demanda Piper.

Non. Aujourd'hui, le cristal refusait de coopérer.

Phoebe l'avait pourtant passé partout, même dans les faubourgs les plus reculés. En vain. Le démon restait invisible.

— Je ne comprends pas, dit Piper, plantée devant le pupitre où trônait le *Livre des Ombres*. Ce démon détient trois cœurs humains. Et, avec ça, il a réussi à disparaître dans la nature ?

Elle se remit à feuilleter le vieux recueil de magie. Si quelqu'un considérait d'un mauvais œil le fait d'être une sorcière, c'était bien Piper. Mais, inévitablement, l'étude du *Livre des Ombres* lui arrachait un sentiment d'admiration. Après tout, n'était-il pas né sous les doigts de plusieurs générations de femmes Halliwell qui l'avaient relié de cuir souple ? Ses pages jaunies et parcheminées étaient pleines de formules et de sortilèges à prononcer contre les démons et les sorciers qui ne cessaient jamais de les pourchasser. Cependant, au fil des ans, Piper et ses sœurs avaient aussi appris – et à leurs dépens – que le *Livre des Ombres* ne renfermait pas toutes les réponses à leurs questions.

Et c'était précisément le cas, aujourd'hui. Piper avait parcouru presque tout le livre, et nulle part elle n'avait trouvé mention de démon arracheur de cœurs.

— On peut au moins être contentes d'une chose, dit Phoebe en laissant le cristal se balancer au-dessus d'une rue à l'extrémité du plan. Je suis au restaurant où Paige prend un brunch, et il n'y a aucun démon dans le coin.

— Il n'y a pas non plus de Paige là-bas, résonna la voix de celle-ci à la porte du grenier.

Des cernes sous les yeux, elle semblait totalement dépitée. Derrière elle, on entendait Léo monter les marches d'un pas lourd.

— Qu'est-ce qui s'est passé ? demanda Phoebe, alarmée.

Abandonnant le cristal sur la carte, elle courut vers sa sœur.

— Vous avez l'air tous les deux d'être passés dans une essoreuse…

— Il ne s'est rien passé du tout, justement, bâilla-t-elle. Ça a été d'un ennui épouvantable. Le vétérinaire en question n'était pas un démon et, finalement, j'aurais peut-être apprécié ce genre de *diversion*. Le côté positif, c'est que j'ai obtenu des réducs pour faire stériliser nos animaux quand on veut !

— Ne l'écoute pas, Sweetie, dit Phoebe en couvrant les oreilles du siamois qui se prélassait sur un vieux fauteuil. On te fera faire des bébés, un de ces jours.

Comme toutes les sorcières du monde, elles possédaient bien sûr un chat – une chatte, en l'occurrence – qu'elles adoraient.

— Au moins, on sait que ce n'est pas un démon, commenta Piper sur un ton satisfait.

— Peut-être mais, en attendant, je meurs de faim. Il y a quelque chose à manger, en bas ?

— Dis donc, rétorqua aussitôt Léo, je ne t'ai pas vue dévorer des beignets aux épinards avec des pommes de terre sautées ?

— Si, admit-elle, mais je me sens affamée. C'est comme si ce rendez-vous archinul m'avait vidée de l'intérieur.

Léo, Piper et Phoebe sur ses talons, Paige dévala l'escalier.

— Sans vouloir ajouter à la morosité ambiante, remarqua Piper tandis qu'ils pénétraient dans la cuisine, on peut donc conclure qu'on est toujours sans démon. Si on doit examiner un à un les soupirants de Paige, j'ai peur que ça ne nous empêche de sauver d'autres innocents.

— Elle a raison, dit Phoebe en s'installant devant l'ordinateur. Il faut élargir nos recherches, aller dans les endroits où se retrouve la majorité des hommes célibataires.

— À propos, reprit Piper en faisant un clin d'œil à sa sœur, ça me rappelle que je dois aller travailler, ce soir. Dans un club qui, justement, grouille d'hommes célibataires.

— Parfait, dit Léo. Paige nous servira d'appât.

— Moi ? Encore ? Pourquoi pas Piper ou Phoebe ?

— Paige, réfléchis un peu : on possède le *P3*. Tout le monde sait que Phoebe et moi, nous ne sommes plus seules.

— Trop facile... marmonna-t-elle en attrapant un pot de cacahuètes dans le placard, dont elle se fourra une énorme poignée dans la bouche.

— Beurk, pourquoi m'as-tu laissée avaler n'importe quoi, aujourd'hui ? se lamenta Paige.

Il était onze heures du soir, ce samedi-là au *P3*, et jamais la jeune femme ne s'était sentie aussi peu d'humeur à batifoler. Affalée au bar, elle n'avait pas encore terminé de digérer ses excès de l'après-midi.

— Ne t'en fais pas, tu restes superbe, ma chérie, lui répondit Piper en essuyant un verre. J'adore le bleu électrique de ta robe en latex.

Se penchant au-dessus du comptoir, elle ajouta :

— Et ces talons aiguilles que tu portes complètent à merveille le paysage !

— Écoute, il faut bien ça pour appâter notre proie, dit Paige en avalant une longue gorgée de Coca light. Si je ne coince pas un démon, avec ça…

— Impossible de rater ton coup, ainsi vêtue, remarqua Cole qui rejoignait le bar en compagnie de Phoebe. Paige, tu es… rayonnante.

— Merci, monsieur le diplomate, reprit-elle en reconnaissant que sa tenue était un peu outrancière. Bon, je devrais peut-être me mettre en chasse, moi aussi.

Après un signe de la main tremblant à ses sœurs, elle jeta un coup d'œil à Léo qui se tenait à l'entrée du club, et plongea dans la foule.

*C'est drôle comme le fait de flirter, danser et séduire des hommes peut devenir une véritable corvée quand on y est obligée*, songea-t-elle en se glissant sur la piste auprès d'un danseur. *Beurk… en plus, il empeste l'eau de Cologne bon marché. Ça promet…*

Très vite, plusieurs hommes s'approchèrent d'elle tandis qu'elle se déhanchait au rythme de la musique.

— Salut, roucoula-t-elle à l'adresse d'un homme au front particulièrement proéminent – peut-être démoniaque ? Comment tu t'appelles ?

— Tu ne sauras qu'une chose de moi, baby, c'est ça.

Son cœur bondit quand elle le vit fourrer une main dans sa poche.

*Une arme?* se demanda-t-elle, le souffle court. Vivement, elle se retourna vers Léo puis vers ses sœurs mais ne vit rien qu'une masse de danseurs s'agitant autour d'elle. Craintive, elle fit de nouveau face à M. Grand Front... qui brandissait quelque chose devant elle. Une chaîne porte-clés.

— J'ai une Lexus, lui dit-il. Tu veux y jeter un coup d'œil?

*Bon, il me demande de l'accompagner dehors. C'est peut-être notre homme. Pourtant, il me paraît bien souriant pour un démon.*

À contrecœur, Paige le gratifia d'un sourire engageant et glissa la main dans la paume de son soupirant.

— O.K., articula-t-elle en le suivant vers la porte du *P3*, non sans chercher en même temps à attirer l'attention de ses sœurs.

Piper la repéra alors et fit signe à Phoebe et à Cole de la suivre.

Dans l'escalier qui menait vers la sortie, Paige grimaça tant la main moite de son prétendant l'insupportait.

*Est-ce parce que c'est un démon ou simplement un pauvre type?* se demanda-t-elle, le cœur tremblant.

Devant la porte, il la poussa doucement devant lui mais Paige parvint à se retourner discrètement juste avant de disparaître dehors. Du coin de l'œil, elle eut le temps d'apercevoir Léo et le reste du groupe, qui les suivaient à quelques pas.

Cependant, dès que la porte se referma derrière eux, Paige sentit la main de l'homme s'arracher brusquement à la sienne. À demi paniquée, elle leva les yeux vers lui mais, au lieu de voir un démon avec le regard rivé sur sa cage thoracique, elle découvrit... Josh Skilling.

Non, elle ne se trompait pas. C'était bien Josh Skilling, le premier et le plus décevant de ses rendez-vous, et, par la même occasion, l'ex-petit ami de Phoebe !

Le plus étrange, dans l'histoire, c'était qu'il avait réussi à virer M. Grand Front et qu'il le poussait maintenant à l'autre bout du parking... avec une force étonnante pour sa frêle carcasse.

— Josh ? interrogea-t-elle d'une voix étranglée. Que... Qu'est-ce que tu fais ici ?

— Je viens à ton secours, c'est tout ! répliqua-t-il en posant sur elle un regard ardent.

Sans lui laisser le temps de comprendre, il la saisit par le bras puis l'entraîna vers le coin du bâtiment. Paige essaya de se dégager mais les doigts de Josh s'enfoncèrent alors dans sa chair comme les serres d'un oiseau de proie. Elle put malgré tout se retourner et apercevoir la porte du club qui s'entrouvrait... ce qui voulait dire que ses sœurs n'avaient rien vu de ce qui se passait. Et qu'elles ne verraient rien de plus maintenant !

Paige s'apprêtait à lâcher le cri le plus puissant dont elle était capable quand il lui plaqua une main sur la bouche.

— Qu'est-ce qui t'arrive ? lui demanda-t-il avec un sourire incrédule. Ne me dis pas que tu as peur de moi ! C'est de Sid… de ce type que tu devrais avoir peur, pas de moi.

Elle repoussa sa main de son visage et, pour sa plus grande surprise, il desserra son étreinte. Paige se demanda malgré tout si ses doigts ne lui laisseraient pas une marque indélébile sur le bras tant ils avaient appuyé fort dessus.

— Sid… ? souffla-t-elle, totalement désorientée. Tu le connais ?

— Ce type est une vraie calamité, répondit-il. C'est loin d'être un gentleman. Je m'étonne que tu n'aies pas déjà entendu parler de lui. Il a une sale réputation.

— Je… j'étais trop occupée avec Internet, j'imagine, dit-elle faiblement.

— Eh bien, tant mieux. Tu sais, Paige, j'ai beaucoup aimé notre soirée ensemble, l'autre jour.

— Vraiment ?

Il paraissait presque normal, à présent. Agréable, même…

Pourtant, quand elle scruta son regard, elle y décela quelque chose d'étrange. Il était trop intense, trop pointu. Et, malgré ses paroles gentilles, sa voix restait comme distante. L'amitié naturelle qu'il avait montrée l'autre soir avait disparu.

— Vraiment, répéta-t-il. En fait, je suis content d'être tombé sur toi. Non pas parce que je t'ai arrachée aux griffes de Sid, cette brute...

— Mais pourquoi, alors ? interrogea-t-elle en sentant la peur lui glacer l'échine.

S'appuyant contre le mur de brique de l'allée, elle parvint à regarder de côté, espérant de toutes ses forces voir Phoebe, Piper et les deux garçons émerger de l'obscurité pour voler à son secours.

Mais elle ne vit personne.

— Parce que... répliqua-t-il simplement en se penchant sur elle.

De plus en plus grave, sa voix ressemblait maintenant à celle d'un robot. Quant à son visage, il se mit à changer aussi. Peu à peu il s'assombrit, pour prendre un aspect glauque et sinistre. Et son haleine, chaude et fétide, l'asphyxiait littéralement.

— ... tu m'as dérobé le cœur.

Baissant les yeux, Paige vit la main droite de Josh remonter lentement vers sa poitrine. Son bras vibrait légèrement, comme s'il était mû par une énergie électrique. Et, tandis que ses doigts effleuraient la peau nue de sa gorge, ses ongles se transformèrent en griffes étincelantes, métalliques et mortelles.

Paige s'écrasa contre le mur, ouvrit la bouche et voulut crier, mais aucun son ne sortit de sa gorge. Elle avait l'impression que ses poumons étaient compressés, complètement vidés de leur air.

Une griffe argentée lui perfora la peau et elle sentit un ruisselet tiède s'échapper de sa blessure pour s'écouler lentement vers le creux de ses seins.

Enfin, un hurlement de douleur jaillit de sa gorge.

— Aaaaarrggh ! lâcha-t-elle en tentant d'écarter la main glacée de Josh.

Lui saisissant le poignet, elle essaya de le repousser mais en vain. C'était comme si elle luttait contre un pylône d'acier.

Il resserra son étreinte et lui enfonça une autre griffe dans la poitrine. De nouveau, Paige lança un hurlement désespéré.

— Pipeeeeer ! Phoebeeeee !

— Tiens, voilà pour toi ! lança Phoebe.

Sans que sa sœur l'ait vue arriver, elle envoya un violent coup de pied à la tête de Josh, qui s'effondra à terre.

Phoebe avait fait un geste si violent, que, emportée par le mouvement, elle tomba à son tour… sur le corps de Josh.

— C'est lui, le démon ! s'écria Paige. Attention !

Vivement, elle roula sur le côté, se rétablit sur ses pieds, les bras en avant, en position de kung-fu. Au même moment, Josh se redressa et, toutes griffes dehors, se jeta sur Phoebe… qui esquiva l'attaque avec adresse.

Découvrant alors son visage, elle blêmit. Les poings serrés, en position de combat, elle s'écria :

— Josh ?!

— Josh ? fit en écho la voix de Cole. L'« ami » dont vous parliez, toi et Paige ? Dis-moi, il est partout, celui-là !

— Il est partout et c'est un démon ! articula Piper, les dents serrées.

S'avançant vers lui, elle leva les bras puis recula. Paige savait très bien ce qui allait suivre. D'une chiquenaude, elle allait transformer Josh en confettis. La première fois qu'elle l'avait vue accomplir ce tour de magie, elle avait complètement paniqué. Qui, en effet, possédait une grande sœur capable de vous préparer gentiment du thé et des cookies et, l'instant d'après, de faire voler en éclats une créature immonde ?

Fermant les paupières, elle se prépara à la déflagration qui allait survenir.

Pourtant, au lieu de cela, elle entendit Phoebe crier :

— Non, attends !

Elle ouvrit les yeux et vit Piper considérer sa sœur d'un air incrédule.

— Quoi ? Qu'est-ce que… ?

Il n'en fallut pas plus à Josh. Pendant que Piper hésitait, le démon fit volte-face et prit la fuite. En quelques secondes, il plongea dans l'obscurité et disparut. Piper se jeta à sa poursuite, ses talons aiguilles claquant furieusement sur le sol. Mais, alors qu'elle atteignait le bout de l'allée, elle s'arrêta et secoua la tête.

Josh venait de leur échapper.

Elle se retourna et rejoignit le petit groupe d'un pas saccadé avant de se planter devant Phoebe.

— Qu'est-ce qui t'a pris ? lui demanda-t-elle en se retenant de crier. Tu viens de nous faire perdre un démon et, en plus, cette petite plaisanterie risque de coûter la vie à un innocent !

# CHAPITRE 5

— Mais à quoi tu pensais, enfin ?! insista Piper, les bras croisés.

— Oui, on le tenait, ajouta Paige. C'était un démon, j'ai assez de marques sur la poitrine pour le prouver ! Euh... Léo, tu crois que tu pourrais me soigner ça ?

Phoebe sentit des larmes lui monter aux yeux en voyant la peau si pâle de sa sœur, abîmée par deux vilaines perforations à la poitrine et par une sale entaille au bras.

Mais Léo s'approcha de Paige et plaça les mains au-dessus de ses blessures. Une lueur blanche émana alors de ses paumes et, bientôt, les plaies et le sang disparurent, ne laissant aucune trace sur la peau de la jeune femme.

S'il ne restait plus aucune trace de l'agression qu'avait subie Paige, on ne pouvait pas en dire autant de la relation entre Cole et Phoebe... juste après que celle-ci avait sauvé la vie de son ex ! À voir ses mâchoires crispées et son regard sombre, il était de toute évidence furieux.

— Phoebe, articula-t-il d'une voix tendue, tu veux bien m'expliquer ce qui s'est passé ?

— Oui... répondit-elle pour s'interrompre aussitôt.

Elle se mordit la lèvre, s'apprêta à parler puis hésita et se posa un doigt sur le menton.

— Voilà, lâcha-t-elle enfin. J'ai arrêté Piper parce que...

De nouveau, elle s'interrompit puis jeta un regard impuissant à sa famille qui l'entourait. Pourquoi avait-elle sauvé Josh Skilling, cet arracheur de cœurs ? Elle ne l'aimait pas. Cela faisait des siècles qu'elle ne le voyait plus. Et, autant le reconnaître, elle avait eu quelques petits amis démons, dans le passé... qu'elle avait réduits sans problème en fumée dès qu'ils s'étaient montrés un peu trop envahissants.

Alors, pourquoi avait-elle fait une exception pour Josh ?

— Je ne sais pas... vous voyez, il a tout d'un coup resurgi du passé... et j'ai été prise de court.

— Bien sûr, Phoebe, reprit Cole sans desserrer les dents. Raconte ce que tu veux.

— Cole...

Que pouvait-elle dire d'autre pour sa défense ? Le mal était fait. Et elle ne savait même pas pourquoi elle avait agi ainsi, à part peut-être le fait qu'elle... ne se sentait pas vraiment faite pour le mariage !

Elle regarda Cole s'éloigner, sachant que, s'il gardait la tête haute, ce n'était que pour mieux masquer la profonde blessure qu'elle venait de lui infliger.

En soupirant, Phoebe se tourna vers ses sœurs. Voyant Paige passer des doigts incrédules sur ses plaies devenues invisibles, elle lui lança tout à coup :

— J'ai quand même du mal à croire que Josh Skilling, informaticien de trente ans et surfeur sur Kiss.com, puisse en même temps être un démon !

— C'est toujours difficile à croire, lui dit Piper non sans jeter un regard du côté de Cole qui se rapprochait lentement. On a toutes croisé le chemin d'un démon, un jour ou l'autre de notre vie. N'est-ce pas Phoebe ?

N'y tenant plus, celle-ci jeta d'une voix impérieuse :

— Au lieu de discuter de Josh, il faudrait peut-être se rappeler qu'il a besoin d'une bonne manucure ! On devrait songer à le retrouver, si ça ne vous ennuie pas.

— Mais, ça ne nous ennuie pas du tout, intervint Cole sur un ton aigre.

— Écoute, lui dit-elle alors, j'ai fait une erreur stupide, je le reconnais et nous avons à parler, tous les deux. Mais, pour le moment, ce sont des innocents qui sont en danger.

— Vraiment ? reprit-il en semblant pourtant se radoucir. Eh bien, vas-y, cours. Je serai au manoir, si tu as besoin de moi.

— J'ai toujours besoin de toi, répliqua-t-elle, le cœur serré.

Cole baissa vivement les yeux puis s'éloigna.

— Va avec lui, conseilla Piper à Léo. Retrouvez-vous un peu entre garçons. Le Pouvoir des Trois peut prendre la relève.

— D'accord, dit-il avant de lui déposer un rapide baiser sur la joue. À tout à l'heure.

— À tout à l'heure, Léo. Mais, tiens-toi prêt à débouler ici si on a besoin de toi.

— Bien sûr, répondit-il avant de courir rejoindre Cole.

Se retrouvant seules, les trois sœurs se dirigèrent vers la voiture familiale.

— Alors, par où commence-t-on pour retrouver Josh ? demanda Paige. Est-ce qu'il existe des clubs ouverts toute la nuit pour les tueurs en série dans cette ville ?

— Paige, on est à San Francisco, lui rappela Piper. Les bars à démons, ça n'existe pas. Si tu veux mon avis, Josh ne va pas se risquer à traîner dans les rues.

Comme elle tournait vers Phoebe un regard lourd de sens, celle-ci répliqua :

— D'accord, d'accord, je vous montre où il habite… Piper, tu veux bien conduire, je t'indiquerai le chemin.

Un quart d'heure plus tard, les Halliwell se garaient devant l'appartement de Josh Skilling, un studio situé au premier étage d'un immeuble vétuste.

Tout de suite, Phoebe remarqua de la lumière filtrer par la fenêtre.

— Si c'est toujours là qu'il vit, on dirait bien qu'il est chez lui.

— Et il y a un escalier extérieur, enchaîna Piper. Allez, les filles, on y va !

Les trois sœurs descendirent de voiture, franchirent l'allée qui menait vers l'arrière du bâtiment puis grimpèrent les vieilles marches de bois qui grinçaient sous leurs pieds. Arrivée devant la porte de Josh, Phoebe jeta un coup d'œil discret à la fenêtre de la cuisine qui donnait sur la galerie extérieure du premier étage.

— Je le vois, souffla-t-elle.

Piper et Paige s'approchèrent et regardèrent à l'intérieur. La pièce, brillamment éclairée, ouvrait sur un large espace sombre qui devait être le salon. L'endroit baignait dans l'ombre mais elles y voyaient néanmoins Josh Skilling, debout, de dos, manifestement très occupé à quelque chose de mystérieux.

C'est alors qu'elles sursautèrent : un flash métallique venait de scintiller sous leurs yeux... suivi d'un cri étouffé !

— On dirait que Josh a trouvé une nouvelle victime, murmura Piper, une main sur la bouche.

— Reculez ! hurla alors Phoebe.

Les poings serrés en boule sous son menton, elle pivota brusquement, envoya un violent coup de pied contre la porte d'entrée et sentit le bois craquer sous son talon.

Introduisant les mains dans le trou ainsi pratiqué, Piper claqua des doigts. Aussitôt, Josh et sa proie terrorisée se figèrent. Tous les bruits qui résonnaient dans l'appartement – le frigo qui ronronnait, le robinet qui fuyait, le radiateur qui chuintait – cessèrent instantanément. Et les sorcières profitèrent de cette accalmie subite pour plonger dans le repaire du démon.

Elles se précipitèrent à la recherche d'une arme qui pourrait servir à combattre la créature. Mais, dans ce studio de célibataire, elles ne trouvèrent absolument rien qui puisse les aider à maîtriser leur ennemi.

Baissant alors les yeux sur l'imperméable de cuir qu'elle avait passé sur sa robe en latex, Paige en arracha la ceinture qu'elle brandit triomphalement au nez de ses sœurs.

Sans attendre, Phoebe et Piper se placèrent de chaque côté de Josh pour lui saisir les mains, tandis que Paige passait les bras autour de sa victime – une jolie jeune femme blonde qui ne devait pas avoir plus de vingt-deux ans et dont les yeux bleus étaient exorbités de terreur.

Elles étaient prêtes.

Paige fit un signe de tête à Piper qui, d'une autre chiquenaude, ranima Josh et sa pauvre proie. Dès qu'il montra le premier signe de vie, Phoebe et Piper se jetèrent sur lui. Elles agrippèrent sa main droite munie des dangereuses griffes métalliques et la lui tirèrent avec violence dans le dos, non sans lui arracher un cri aigu de douleur.

Pendant ce temps, Paige éloigna de lui son innocente victime, avec un geste si puissant que toutes les deux allèrent en même temps rouler au sol. À la fois désorientée et terrifiée, la jeune femme éclata en sanglots.

— Tout va bien, la rassura Paige. Mais, maintenant, il faut sortir d'ici. Sans traîner !

La jolie blonde ne se le fit pas dire deux fois. Bondissant sur ses pieds, elle se rua à l'extérieur sans un mot pour les sœurs Halliwell.

Et, tandis que le claquement de ses souliers résonnait encore dans l'escalier de bois, Piper et Phoebe poussèrent Josh dans la cuisine et le firent asseoir de force sur une chaise où elles le ligotèrent avec la ceinture de Paige.

— Détachez-moi ! cracha-t-il en jetant un regard noir à Phoebe. Ou vous le regretterez ! Sans doute plus que toutes les autres !

— De quoi parles-tu ? rétorqua-t-elle en se penchant sur lui. Je veux une explication, Josh ! C'était *ma sœur* que tu essayais d'assassiner, tout à l'heure, au *P3* !

— Votre sœur ?! Mais, qui êtes-vous ?

Stupéfaite, Phoebe recula. Était-il possible que Josh ne la reconnaisse pas ?

*Il essaie encore de me faire perdre mes moyens*, songea-t-elle, révoltée. *Mais, cette fois, ça ne marchera pas !*

— Peut-être que ceci t'aidera à te rappeler qui je suis, Josh, dit-elle en prenant son élan pour lui flanquer son poing en pleine mâchoire.

La force qu'elle avait acquise en s'entraînant avec Cole commençait à payer. La tête de Josh valsa comme un punching-ball avant de retomber mollement sur le côté.

— Hum... commenta Paige, ce n'est pas maintenant qu'on aura une explication. Tu l'as assommé, Phoebe ! Tu es vraiment la reine du kung-fu.

— Ça ne fait que me faciliter la tâche pour anéantir ce fumier ! s'écria-t-elle en s'apprêtant à le frapper à nouveau.

Mais, avant qu'elle ne lui inflige le coup fatal, elle vit soudain une matière visqueuse s'écouler lentement de l'oreille de Josh.

— Qu'est-ce que c'est que ça ? demanda Piper.

Phoebe considéra la substance gélatineuse aux reflets argentés et conclut qu'il ne pouvait en aucun cas s'agir de matière grise – même *elle* n'aurait pas pu causer ce genre de blessure d'un seul coup de poing. Ce n'était pas non plus du sang.

Comme les sœurs contemplaient la scène d'un air éberlué, l'écoulement devint bientôt un jaillissement. Qui, juste avant d'atteindre le sol de la cuisine, remonta en sens inverse... pour s'arrêter à mi-hauteur de la pièce et commencer à s'élargir.

— Ça alors ! dit Paige qui, fascinée, regardait la colonne liquide se creuser et s'allonger de plus en plus.

Elle continua de croître pour se transformer en une sorte de tube métallique, à l'extrémité duquel se forma peu à peu une bouche géante avec d'énormes lèvres palpitantes.

Puis, cette face monstrueuse laissa échapper un jet d'air gigantesque, qui souffla les trois sorcières vers le fond de la pièce.

— Ça, c'est une arme diabolique ou je ne m'y connais pas ! s'écria Phoebe en luttant pour reprendre son équilibre.

Mais, loin de s'arrêter, le souffle prenait de la puissance et de la vitesse à chaque seconde qui passait, et s'enroulait autour de lui-même comme une tornade miniature. Tout cela avec un sifflement suraigu.

— Qu'est-ce que tu attends ?! hurla Paige à Piper. Zappe-le, sinon il ne va jamais s'arrêter de grandir !

— Mais on ne sait même pas ce que c'est ! lui cria-t-elle en retour. Si on le tue, on risque de se retrouver avec quelque chose d'encore pire !

— Depuis quand as-tu acquis une telle logique ? lança Phoebe.

— Depuis que je suis devenue l'aînée des *Charmed* ! lui répondit-elle avec un regard subitement triste.

Puis, elle reporta son attention sur la forme qui continuait de se développer devant elles. Le tube, une espèce de tunnel métallique et mou dont l'ouverture béante faisait plus de deux mètres de diamètre, s'étirait à présent bien au-delà de la cuisine de Josh.

— D'après vous, cette chose, c'est animal ou minéral ? demanda Piper sur un ton dégoûté.

— En tout cas, fit Paige, ça me paraît bien trop carnivore pour être un légume !

Terrorisée, elle s'agrippa fébrilement au bras de Piper.

C'est alors que Josh se réveilla.

Il secoua la tête, ouvrit lentement les yeux, regarda autour de lui et resta bouche bée devant l'étrange œsophage géant qui envahissait son studio. Clignant des paupières, il considéra d'un air effaré les trois sœurs Halliwell qui se tenaient devant lui.

— Paige… ? articula-t-il. Qu'est-ce que tu fais ici ? Et… Phoebe ?! Mais… qu'est-ce qui se passe ?!

— Ne me dis pas que tu ne le sais pas ! glapit Phoebe en essayant de résister au puissant tourbillon qui s'acharnait sur elle.

Ses cheveux volaient en tous sens et se plaquaient sur son visage en l'aveuglant à moitié. Elle devait hurler pour se faire entendre.

— C'est toi qui es la cause de tout ça ! continua-t-elle. Avec tes griffes et cette espèce de monstre gluant qui te dégouline de l'oreille !

— Quoi ! protesta-t-il. Mais, de quoi tu parles ? Et puis… qu'est-ce que tu fais ici ? Et… c'est quoi, cette chose ? Phoebe, détache-moi, s'il te plaît !

Elle se tourna vers ses sœurs qui luttaient contre le vacarme pour l'écouter. Josh semblait si différent, maintenant. Ou, plutôt, il ressemblait à ce qu'il était avant. Celui qu'elles avaient connu. Sa voix, son visage, c'étaient bien les siens.

Essayait-il encore de les tromper ?

C'était à Phoebe de prendre une décision. Se rappelant la colère de Piper et la confusion de Cole, un peu plus tôt dans l'allée du *P3*, elle n'avait pas l'intention de recommencer la même erreur.

— Non ! rétorqua-t-elle à Josh, une main devant les yeux pour se protéger du vent. Je ne suis pas dupe, tu es un démon !

— Moi, un démon ?! Phoebe, je sais que ça ne s'est pas bien terminé entre nous mais, là, quand même, je trouve que tu exagères !

— Je... je ne crois pas, Josh. Je ne...

Un crissement infernal l'interrompit tandis que Josh se mettait à hurler d'épouvante. Sa chaise venait soudain d'être projetée en avant... à moins d'un mètre du monstrueux tunnel. Lentement, il se faisait happer à l'intérieur !

— Phoebe, éloigne-toi ! lui cria Piper.

Avec un vague signe de tête, elle s'écarta de quelques centimètres mais, voyant Josh à nouveau propulsé vers l'ouverture béante, elle se plaqua une main horrifiée sur la bouche. Emportée par son élan, la chaise tomba et Josh se retrouva par terre. Il se débattit comme un malade pour se libérer de la ceinture de cuir, mais les nœuds qu'avait faits Paige étaient trop serrés. Il était pris au piège.

— C'est horrible... Phoebe ! Paige ! Venez m'aider ! Je suis coincé !

Sans plus hésiter, Phoebe se rua au secours de Josh.

— Arrête ! hurla Piper. Qu'est-ce que tu fais ?

— C'est lui, lança-t-elle en réponse. C'est le vrai Josh !

Sa chaise continuait d'être entraînée vers l'abominable créature, et il se débattait avec tant de frénésie que sa tête heurtait le sol par violents à-coups.

S'accroupissant derrière lui, Phoebe lui passa les bras autour de la poitrine et tira de toutes ses forces.

— Nooon ! entendit-elle Paige crier avant que le son de sa voix ne soit coupé par le vrombissement d'une véritable tornade.

Ses pieds cherchaient des appuis au sol tandis qu'elle tentait de traîner le corps de Josh loin de la gueule béante du tunnel qui continuait malgré tout à les aspirer vers ses entrailles.

Phoebe se retourna pour voir Piper et Paige lutter contre une sorte de rempart invisible. Alors seulement, elle comprit ce qu'elle avait fait. Elle avait franchi une frontière : tout ce qui se trouvait à l'extérieur du vortex créé par la tornade était en lieu sûr. Et ce qui était piégé à l'intérieur – Phoebe et Josh, en l'occurrence – se voyait irrémédiablement entraîné vers le tunnel.

Piper agitait frénétiquement les mains mais sa magie se révélait sans aucun effet contre cet aspirateur démoniaque. Alors, elle chercha à pénétrer le tourbillon pour essayer d'y agripper Phoebe.

Mais celle-ci la repoussa.

— Ne t'approche pas ! hurla-t-elle. Tu vas te faire happer !

Et Piper disparut de sa vue. Comme Paige, et le reste du studio de Josh.

La gueule du tunnel les avait avalés…

Toujours accrochée à Josh, la jeune femme se sentit propulsée au travers d'un sinistre goulet à une vitesse affolante. Incapable d'ouvrir la bouche pour crier sa terreur, plongeant au plus profond de cet abysse argenté, elle se rappela soudain les derniers mots qu'elle avait lancés à sa sœur : *Ne t'approche pas ! Tu vas te faire happer !*

*C'est ça le problème avec moi*, songea-t-elle alors que la panique la submergeait. *Je suis incapable de suivre mes propres conseils !*

Après une interminable chute libre, les parois du tunnel avaient semblé se rétrécir autour d'elle et Josh, les emprisonnant peu à peu dans un entonnoir souple et glissant.

— Pourvu qu'on ne serve pas de goûter à une gigantesque créature assoiffée de sang ! murmura Phoebe.

Levant les yeux, elle aperçut Josh à quatre ou cinq mètres au-dessus d'elle. Il avait enfin réussi à se détacher, la violence de leur plongeon ayant dû défaire les nœuds serrés par Paige. Lui aussi était muet de panique et paraissait en état de choc. Ses membres semblaient désarticulés et indépendants de son corps.

Puisqu'elle n'avait rien d'autre à faire que de se laisser entraîner vers cet abysse sans fond, Phoebe répéta sa petite prière aux divinités de l'espace.

*S'il vous plaît, ne nous laissez pas être absorbés par l'estomac plein d'acide d'une créature maléfique,* supplia-t-elle en silence. *Ne nous laissez pas non plus être précipités dans une mer de feu souterraine, ou dans une autre dimension où tout le monde a des oreilles pointues et deux têtes. Faites qu'on atterrisse tranquillement... dans un parc d'attractions surnaturel, ou qu'on franchisse un portail vers un autre...*

— Aïe ! gémit-elle tandis que son dos heurtait quelque chose de dur.

Puis, poussant un nouveau cri en voyant Josh lui arriver droit dessus, elle roula de côté juste avant qu'il n'atterrisse brutalement à quelques centimètres d'elle.

Couchée sur le ventre, le visage collé contre une matière froide et dure, Phoebe haletait. Du coin de l'œil, elle voyait Josh, manifestement dans le même état qu'elle... étalé sur ce qu'elle devina être du carrelage.

*De la pierre...* songea-t-elle. *C'est au moins une matière terrestre. Bon début...*

Avec peine, elle leva la tête et parvint à se redresser sur les genoux. Quand elle essaya d'ôter de ses vêtements la substance visqueuse qui tapissait le tunnel, elle fut saisie d'une toux rauque qui la secoua de part en part.

*Évidemment, un pantalon de cuir et un dos-nu, ce n'est pas l'idéal pour ce genre de voyage*, marmonna-t-elle en bondissant sur ses pieds.

Josh, qui venait de faire de même, demanda :

— Où est-ce qu'on est ?

L'air effaré, il regardait autour de lui sans comprendre. Ils se trouvaient dans une petite salle entièrement recouverte de carrelage couleur sable, du sol au plafond.

En face d'eux, Phoebe devina que plusieurs ouvertures étaient pratiquées dans les murs, masquées seulement par de lourds rideaux de toile beige. Sur une des parois latérales, elle aperçut une grande fresque qui avait l'air de sortir tout droit d'un musée d'histoire naturelle : elle représentait une scène de l'Égypte ancienne. Les personnages, qui semblaient se prosterner devant un roi, portaient tous de longues barbes tressées et une coiffe rayée d'or et de bleu.

Une seule chose étonna Phoebe : cette fresque n'avait rien d'ancien. Elle paraissait aussi fraîche et récente que les œuvres que l'on pouvait admirer dans un musée d'art moderne.

La jeune femme balaya la salle d'un regard plus attentif. Les murs étaient en grès, les tentures en fibres naturelles et les bancs disposés le long des murs, en imposantes pierres de taille.

— Oh, non, ça recommence… lâcha-t-elle en se prenant soudain la tête entre les mains.

— Qu'est-ce qui se passe, Phoebe ? lui demanda Josh. Où est-ce qu'on est ? Tu es déjà venue ici ?

— Non, pas ici. Mais je me suis déjà retrouvée dans le Massachusetts en 1600, et à San Francisco en 1920. J'étais possédée par la femme d'un gangster. Je reconnais les signes…

— Les signes de quoi, Phoebe ? Je ne comprends rien à ce que tu racontes !

— Les signes d'un voyage dans le temps, laissa-t-elle platement tomber. Mais, la bonne nouvelle, c'est qu'on ne vient pas d'atterrir dans l'estomac d'une créature surnaturelle !

Josh ne parut pas plus rassuré pour autant. Il considérait Phoebe d'un air confus quand il la vit lever les yeux vers le plafond. Instinctivement, il suivit son regard.

La tornade diabolique qui les avait entraînés jusqu'ici avait disparu. Ils n'avaient au-dessus d'eux… qu'un plafond de pierre.

— Ça ne me dit rien de bon, tout ça, articula-t-il d'une voix mal assurée.

— Enfin, Josh, lui dit-elle en tentant de faire cesser le tremblement de ses mains, on est d'accord sur quelque chose, toi et moi.

## CHAPITRE 6

— Nooon ! hurla Paige.

À travers ses larmes, elle avait vu Phoebe et Josh s'engouffrer dans la gueule d'un étrange tunnel d'argent qui – par quel prodige ? – avait jailli de l'oreille de Josh.

Tout à coup, Piper bondit en avant, prête à plonger dans le tourbillon qui avait absorbé sa sœur cadette. Mais Paige lui agrippa les épaules et la tira violemment en arrière.

— Tu vas te faire aspirer ! s'exclama-t-elle.

Phoebe, elle aussi, avait crié à Piper de reculer mais ses paroles s'étaient noyées dans les hurlements du vent.

Dès qu'elle et Josh avaient disparu au fond du monstrueux vortex, l'ouverture béante avait commencé à se replier sur elle-même avant de se refermer complètement. Puis, avec un ultime souffle d'air, le tunnel lui-même s'était contracté avant de se volatiliser.

Piper tomba à genoux et Paige, atterrée, découvrit avec effroi l'appartement complètement saccagé de Josh. Le sol était jonché de livres aux pages arrachées, de vaisselle brisée, et plus aucun coussin ne restait sur le canapé. Des chaises et des lampes étaient brisées, et plusieurs vitres des fenêtres avaient volé en éclats.

Le plus impressionnant était le silence qui régnait à présent dans le studio.

— Que... Qu'est-ce qui s'est passé ? lâcha Paige d'une voix rauque.

— Comme d'habitude, répondit Piper en retenant un sanglot. Une puissance terrible et surnaturelle a volé une des trois *Charmed*. Et, maintenant, il faut aller la récupérer.

D'un bond, elle se releva et, d'un pas décidé, se dirigea vers la porte éventrée de la cuisine. D'un coup de pied, elle envoya valser une chaise renversée qui se trouvait sur son passage puis, sa sœur sur ses talons, elle dégringola l'escalier, courut vers la voiture qui les attendait devant l'immeuble et s'installa au volant. Paige eut à peine le temps d'accrocher sa ceinture que, déjà, Piper démarrait en trombe.

La route la plus courte traversait un quartier de bars ultrabranchés. Mais c'était samedi soir, et les rues étaient engorgées par des étudiants qui traînaient dans leur Jeep ou leur voiture de sport. Très vite, les deux jeunes femmes se retrouvèrent coincées au milieu d'une circulation dense.

Paige se mordit la lèvre et sentit une nouvelle vague de panique la paralyser. Impuissante, elle regarda par la vitre, passant en revue la foule d'adolescents qui déambulaient sur le trottoir ou attendaient devant l'entrée d'un bar.

Soudain, elle sursauta.

— Je connais ce type ! dit-elle en indiquant un long jeune homme aux cheveux bruns. C'est Stuart. Je l'ai rencontré hier. On s'est connus grâce à Kiss.com. Et... il est avec une fille !

Un bras passé autour des épaules d'une ravissante brune, il marchait d'un pas rapide.

— Paige, lui dit Piper, tu ne trouves pas ça stupide d'être jalouse à ce point ? Tu n'as vu ce garçon qu'une seule fois.

— Oh, non, je ne suis pas jalouse, rétorqua-t-elle en les considérant d'un air intrigué. Si, toi, tu aimes les petits maigrichons à lunettes style Woody Allen, moi, ce n'est pas mon style. Simplement, je me demande... Tu crois qu'une fille aime se faire trimballer comme ça dans la rue ?

— Comment, « comme ça » ? demanda-t-elle en se penchant du côté de Paige pour mieux les apercevoir.

Ce fut l'instant que choisit Stuart pour resserrer son étreinte sur le bras de son amie. Celle-ci lui jeta un regard oblique qui trahissait un mélange d'irritation et de crainte.

Puis, soudain, Stuart l'entraîna vers une ruelle où il la poussa sans ménagement.

— Tu ne crois pas qu'on devrait aller y regarder de plus près ? demanda Paige.

— On n'a pas le temps ! protesta Piper. Il faut s'occuper de Phoebe.

— Mais on est coincées dans la circulation, de toute façon. Et, rappelle-toi, il n'y a pas eu qu'une seule femme de tuée. Ça veut dire qu'il y a sans doute plusieurs arracheurs de cœurs ! Peut-être que Josh n'était pas le seul.

Peu convaincue, Piper considéra la ruelle sombre où venait de disparaître le couple. Puis, sans prévenir, elle descendit de voiture et claqua des doigts. En un instant, la rue entière se figea.

Le premier moment de surprise passé, Paige se ressaisit et suivit sa sœur qui s'engouffrait dans l'allée à la suite de Stuart et de sa proie potentielle.

— Tu avais raison, souffla Piper en découvrant la scène qu'elle venait de figer.

Plaquée contre un mur de briques crasseuses, la fille avait les yeux exorbités de terreur tandis que Stuart, la main levée sur elle, s'apprêtait à l'abattre sur la poitrine de sa victime. Une main droite qui portait les mêmes griffes acérées et luisantes que celles de Josh.

— Bon, ce cirque commence vraiment à m'énerver ! s'exclama Piper. Il est temps d'exploser tout ça.

— Attends, lui dit Paige en lui prenant le bras. Tu te souviens comme Josh a changé après que cette infâme matière visqueuse s'est échappée de son oreille ?

— Changé ? Tu veux dire qu'il s'en est pris à Phoebe au lieu de toi !

— Non, insista-t-elle. Dès que cet affreux tunnel a quitté Josh, il est redevenu gentil. Il a l'air de ne rien comprendre à ces histoires de démon. Tu as bien remarqué, il a subitement reconnu Phoebe. Et elle aussi a tout d'un coup changé d'avis à son sujet. Elle le connaissait, elle s'est bien rendu compte qu'il n'était plus le même...

— Mais qu'est-ce que tu racontes, Paige ?

— Je dis que... Josh n'est peut-être pas un démon mais qu'il en était seulement possédé.

— C'est vrai que ce brusque changement le confirmerait mais...

Piper regarda Stuart en se frottant les doigts, un geste qui trahissait son désir d'en finir avec lui.

— Alors, continua Paige, peut-être que Stuart est aussi possédé par un démon. Si c'est le cas, ça fait de lui un innocent, Piper. On ne peut pas le détruire comme ça.

— Mais on peut l'utiliser... reprit-elle, les yeux soudain brillants. Si on exorcise Stuart, le démon qui est en lui pourra peut-être nous conduire à Phoebe et Josh.

— Super ! dit Paige avant de regarder sa montre. Mais, attends... il nous reste à peine quelques secondes avant qu'il se réveille.

— Tu as raison, attrapons-le avant qu'il ne fasse des dégâts !

— Tu ne crois pas qu'on pourrait demander un peu d'aide ? demanda Paige d'une voix nerveuse. Léo !

Aussitôt, un nuage de lumière apparut dans la ruelle et flotta quelques instants au-dessus du sol avant de se matérialiser sous la forme de Léo. Sa chemise était froissée et sortie du pantalon, et il tenait à la main un hamburger à demi entamé.

Piper jeta à son mari un regard à la fois consterné et exaspéré. Dans quel état se trouvait son cher Être de Lumière !

— C'est mon quatre-heures… de minuit, avoua-t-il d'un air penaud avant de le balancer dans une des poubelles abandonnées. Mais où est Phoebe ?

— On t'expliquera plus tard, lui répondit Piper. Maintenant, on a besoin de toi.

Lui indiquant Stuart, elle ajouta :

— Il faudrait qu'on emmène ce type au manoir sans lui laisser le temps de nous dérober notre cœur, si tu vois ce que je veux dire.

— Quoi ?! C'est lui, le démon, maintenant ? Et Josh ?

— On t'expliquera plus tard, mon chéri, lui dit Piper. Pour l'instant, aurais-tu la gentillesse de transporter ce cher ange jusqu'à la maison et de l'attacher solidement ? Je sais que ce n'est pas notre genre de prendre les gens en otages mais, si ça doit aider à ramener Phoebe, je ferai n'importe quoi !

*Il faut absolument que je sorte d'ici!* songea Phoebe.

Cela faisait déjà dix minutes qu'elle et Josh avaient passé le portail temporel. Après avoir retrouvé leur calme, ils avaient quitté la première salle pour aller explorer les alentours.

Les découvertes qu'ils firent alors furent à la hauteur de leurs craintes.

D'abord, ils empruntèrent un étroit couloir qui les mena devant plusieurs salles meublées de lits bas en onyx et décorées de mosaïques primitives. Puis, au détour d'un autre corridor, ils trouvèrent une fenêtre ouverte dont le rideau léger n'était qu'une simple feuille de papyrus. En y jetant un coup d'œil, Phoebe aperçut une rue animée où se pressaient des gens vêtus de tuniques au tissage grossier, et chaussés de sandales de cuir. Elle vit même des chèvres et des cochons menés par quelques gamins aux cheveux noirs et frisés. Les bâtiments de l'autre côté de la rue étaient en grès et décorés de colonnes romaines.

L'endroit où ils se trouvaient étant situé sur les hauteurs d'une colline, Phoebe et Josh voyaient s'étaler la plus grande partie de la ville.

Il n'y avait pas le moindre signe d'une vie moderne.

Comme ils contemplaient le spectacle, Josh prit le bras de Phoebe et souffla :

— Regarde ! Tu vois ce que je vois, là-bas, derrière les toits ?

Une immense étendue désertique, voilà ce que voyait Phoebe ! Et, planté au milieu, un temple ! Ou, du moins, les fondations d'un temple. La structure n'avait pas encore atteint la moitié de sa hauteur. À l'aide de cordes et de poulies, une armée de travailleurs hissaient d'énormes blocs de pierre qui allaient sans doute servir à ériger les hautes colonnes du monument.

— L'Égypte ancienne, voilà où on a atterri… murmura Phoebe d'une voix étranglée.

— Et c'est toi qui m'as conduit jusque-là ! lui rétorqua Josh en lui jetant un regard noir.

— Pardon ? C'est *moi* ? Tu y vas un peu fort, Josh ! Qui est-ce qui a vomi par son oreille ce monstrueux portail en forme de tunnel visqueux, hein ?

— Mais de quoi tu parles ? Je venais de faire la connaissance d'une certaine Paige et voilà qu'elle se retrouve dans mon studio… avec des habits différents, et toi, à côté d'elle, en train de me faire exploser la cervelle ! Et tout cela avant de me propulser dans cette espèce de vortex qui a fini par me recracher plusieurs milliers d'années en arrière !

— Attends, Josh ! Tu es en train de me dire que tu ne te rappelles rien de ce qui s'est passé après ta rencontre avec Paige ? Mais, ça date d'il y a deux jours !

— Ou de deux mille ans ! Mince, c'est trop compliqué pour chercher à comprendre quoi que ce soit ! Alors, on essaie plutôt de trouver où on est et par quel moyen on pourra rentrer le plus vite à San Francisco.

— D'accord, répliqua-t-elle en faisant demi-tour.

Mais à peine était-elle repartie dans le couloir qu'elle s'arrêta. Elle venait de percevoir des bruits de pas, à l'autre extrémité.

— Attention, souffla-t-elle. Il y a quelqu'un qui vient, et, avec nos habits, on ne fait pas vraiment couleur locale !

— D'accord, mais où peut-on se cacher? demanda Josh d'une voix tremblante.

Phoebe chercha autour d'elle des recoins où se dissimuler, mais c'était peine perdue. Alors elle se résigna et se mit en position de kung-fu.

— Parfait ! On va se battre !

— Quoi ?! Je rêve ! Tu boxes, maintenant ! Qu'est-ce qui est arrivé à la Phoebe que j'ai connue, qui ne pensait qu'à faire la fête ?

Les trois dernières années passées à combattre les démons de toutes sortes revinrent subitement à la mémoire de la jeune femme. Puis, fermant les yeux, elle se prépara mentalement au combat, tandis qu'en face d'eux une mince silhouette émergeait de l'ombre. En la découvrant, Phoebe laissa échapper un cri de surprise.

L'homme, vraisemblablement un serviteur, portait une tunique couleur beige, serrée à la taille par une ceinture de crin. Ses cheveux noirs et bouclés lui tombaient en cascade dans le dos et il tenait un panier d'osier doublé d'un tissu indigo. Le sourire qu'il esquissait dévoilait une bouche édentée !

Alors, elle tenta de jouer le tout pour le tout.

*Il sourit*, pensa-t-elle. *Il me regarde et sourit comme s'il était au milieu d'un rêve. Ou peut-être qu'il essaie de gagner du temps. Dans ce cas, autant attaquer la première.*

Les poings serrés, Phoebe attendit qu'il passe à sa hauteur, puis prit son élan et lui asséna un violent coup à la mâchoire. Elle perdit soudain l'équilibre et tomba à terre dans un bruit sourd. Elle se redressa aussitôt pour apercevoir le dos du serviteur qui continuait son chemin sans s'être rendu compte de rien. Puis elle regarda du côté de Josh et le vit se mordre les lèvres pour ne pas éclater de rire.

— Joli coup, Phoebe, lui dit-il. Jamais je ne t'aurais crue capable de faire concurrence à Bruce Lee.

— Oui, joli coup… marmonna-t-elle en se relevant. Et moi, jamais je n'aurais cru que mon poing passerait à travers sa mâchoire sans l'atteindre !

— Qu'est-ce que tu dis ?

— Je dis tout simplement que, dans ce monde, on n'a pas de forme solide, toi et moi.

— Hein ?

— Réfléchis, on a atterri tous les deux dans un passé qui a plus de deux mille ans d'âge. Ça signifie qu'à l'époque on n'était pas encore nés.

— Tu veux dire qu'on serait… des fantômes ?

— Ou plutôt des pré-fantômes, précisa-t-elle. Un fantôme, c'est quelqu'un de mort, pas vrai ? On ne peut pas être morts puisqu'on n'a pas encore vécu.

Levant les bras d'un air désespéré, Josh alla s'appuyer contre un mur.

Sans lui prêter attention, Phoebe fit irruption dans une grande salle qui avait tout d'un lieu de réunion. Une double rangée de hautes colonnes la traversait, formant ainsi une large allée centrale. Le sol, tapissé d'or et de lapis-lazuli donnait à ce magnifique ensemble architectural une majesté incroyable.

— Ça doit être le palais d'un roi, souffla-t-elle en s'arrêtant net devant tant de beauté.

— Waouh ! s'exclama Josh qui l'avait rejointe, tout aussi impressionné.

— Il y a un escalier, là-bas. Peut-être qu'il nous conduira dehors.

Après une descente prudente, ils atteignirent un palier qui se séparait en deux. Haussant les épaules, Phoebe choisit de prendre à gauche. Ils descendirent encore quelques marches, moins majestueuses, qui, peu à peu, pénétraient dans un étroit souterrain de pierre.

— Encore un tunnel, maugréa-t-elle. Quelle galère !

Ils s'enfoncèrent et s'enfoncèrent encore sous terre, dans une atmosphère de plus en plus oppressante à mesure qu'ils avançaient. Des torches fixées aux murs noircissaient le plafond bas et emplissaient l'air d'une odeur âcre.

— Nous sommes en train de nous perdre, lâcha Phoebe au bout d'un moment, en se tournant vers Josh.

Elle détestait l'idée de devoir s'en remettre à lui mais, après tout, elle n'avait que lui dans ce monde étrange.

— Tu crois qu'on devrait faire demi-tour ? demanda-t-elle.

— Ou alors continuer jusqu'à cette lueur, tout au fond, là-bas ?

Elle se retourna, cligna des yeux et eut la surprise de constater que le tunnel débouchait enfin sur quelque chose. Une pièce brillamment éclairée, semblait-il.

Ils continuèrent leur progression et, arrivés à hauteur de l'ouverture, s'arrêtèrent en entendant des voix. Puis une longue plainte résonna à leurs oreilles.

Phoebe hésita un instant puis se glissa prestement à l'intérieur en se disant que, de toute façon, ils étaient invisibles.

Elle laissa échapper malgré elle un cri aigu, sans qu'aucune des personnes présentes l'entende et se retourne.

Phoebe et Josh étaient réellement des fantômes. Et la femme qui se trouvait au centre de la pièce n'allait pas tarder à en devenir un, elle aussi.

— Qui sont ces gens ? interrogea Josh.

— Des tortionnaires, répondit-elle sur un ton grave.

La sombre cave voûtée qu'ils venaient de découvrir était encombrée d'outils manifestement destinés à toutes sortes de supplices.

Une très belle créature aux longs cheveux bruns et au front inondé de sueur avait les quatre membres attachés à une roue de bois hérissée de pointes. Deux hommes torse nu et vêtus d'une petite jupe à la romaine resserraient lentement les liens qui l'y retenaient prisonnière. À chaque torsion du cuir, les piques sur lesquelles elle était allongée lui pénétraient un peu plus dans la chair. Des gouttes de sang commençaient à tacher sa longue tunique blanche. D'autres personnages se tenaient près de la victime. L'un d'eux tenait un fouet tandis qu'un autre portait un petit maillet.

*Je ne veux pas savoir à quoi sert tout ça*, se dit Phoebe en frémissant d'horreur. La femme était proche de l'agonie mais, loin de sembler anéantie ou affaiblie, elle semblait résister avec fougue à ses bourreaux.

Elle cria un seul mot – dans une langue ancienne que Phoebe ne comprit pas –, puis secoua la tête avec énergie.

— Qu'est-ce qu'elle peut bien refuser? souffla Phoebe à Josh.

Une voix profonde résonna dans le même langage inintelligible, et Phoebe vit alors un homme émerger de derrière une colonne. Un être à l'aspect brutal et cruel, au nez épaté et aux cheveux huilés qui retombaient en deux nattes épaisses sur son dos musclé et luisant. De toute évidence, il représentait le personnage le plus noble de l'assemblée. Sa tunique était faite de soie gansée d'or et, sur la tête, il portait une fine couronne dorée.

— Ça doit être un roi, non ? dit Josh.

— Qu'est-ce qu'il peut bien vouloir à cette femme ? demanda Phoebe.

— Catherine, tonna-t-il soudain d'une voix retentissante.

— Catherine… ! murmura Phoebe. Tu as entendu ?

L'homme se frappa la poitrine du poing et prononça une nouvelle fois le nom de la femme. Puis il sortit un anneau d'or d'une poche de sa tunique et le lui passa brutalement à l'annulaire de la main gauche.

— Oh… souffla Phoebe. Quelle façon romantique de la demander en mariage !

Catherine serra les dents et lança un regard de défi à son prétendant.

Son silence signifiait de toute évidence un refus. Le roi cracha par terre et fit un brusque signe de tête.

Les serviteurs resserrèrent un peu plus les liens de cuir.

— Aaaaah ! hurla la femme.

Ses cris étaient si perçants que Phoebe se couvrit les oreilles en frissonnant. Enfin, sa douleur un peu apaisée, ils laissèrent place à de faibles sanglots.

— Et moi qui avais peur de m'engager dans le mariage ! commenta Phoebe en osant un triste sourire. Je voudrais bien savoir où nous sommes tombés. Et, surtout, comment on va sortir de cet endroit cauchemardesque.

# CHAPITRE 7

Lorsque Paige et Piper rentrèrent au manoir, les premières lueurs de l'aube apparaissaient. Elles trouvèrent Léo et Cole occupés à maîtriser Stuart qui se débattait comme un dément sur la chaise où il était ligoté.

— Dieu merci, vous êtes là ! leur dit Léo en les voyant faire irruption dans le grenier. Il n'arrêtait pas de sortir ses griffes pour essayer de couper les cordes. Avec Cole, on a dû se résoudre à utiliser la manière forte.

— Le bricolage, ça te connaît, admit-elle, impressionnée par les fils de fer qui emprisonnaient le torse de Stuart.

C'est alors que celui-ci remarqua la présence des deux sœurs qui venaient d'arriver, et son regard se fit tout à coup vitreux.

— Paige, dit-il, quel plaisir de te revoir. Mince alors, tu es encore plus belle que lorsqu'on s'est rencontrés au…

— Laisse tomber, coupa-t-elle. Je sais ce que tu cherches. Mais tu n'auras rien. La main sur le cœur, je te le promets.

Du bout des doigts elle dessina alors une croix sur sa poitrine.

— Aaaaarrgh ! hurla-t-il en s'agitant avec une telle violence que le fil de fer lui entailla les bras par endroits. Détachez-moi ou vous allez le regretter ! Vous ne savez pas à qui vous avez affaire !

— Oh, vous dites tous la même chose, lâcha-t-elle d'un air las. On dirait un disque rayé.

— Justement, reprit Piper en venant se planter devant lui, les choses qui se répètent, ça m'ennuie à mourir. Dis-moi plutôt où se trouve notre sœur. Sinon, c'est toi qui le regretteras !

— *Vous* allez le regretter, insista-t-il. Vous… vous allez le regretter.

Plongeant son regard dans le sien, Piper recula. Cet homme n'était pas lui-même ! Ses pupilles étaient rétrécies, sa voix était parfaitement monocorde, il ne servait que d'habitacle à un démon qui le possédait. Ce qui, en clair, signifiait qu'on ne pouvait rien pour lui.

— Le *Livre des Ombres* ! s'écria-t-elle brusquement. Il va falloir trouver nous-mêmes le moyen de récupérer Phoebe.

— Attends, lui dit Cole, tu vas d'abord nous expliquer ce qui est arrivé ! Où est Phoebe ?

Laissant Piper se ruer vers le pupitre, Paige

raconta calmement aux garçons ce qui s'était passé dans le studio de Josh.

Pendant ce temps, debout devant le *Livre des Ombres*, Piper feuilletait d'une main nerveuse le vieux recueil magique. Le souffle court, le cœur battant, elle sentait des gouttes de sueur lui perler sur le front. Elle paniquait. Mais, qu'y pouvait-elle ? Sa plus grande peur remontait à la surface. Après la mort de Prue, l'idée de savoir Phoebe dans un lieu inconnu, sans doute dangereux, lui était insupportable.

Elle sursauta en sentant une main tiède et rassurante se poser sur son épaule. Lentement, elle se retourna et rencontra le regard de son mari qui, après un sourire, l'enlaça tendrement.

— Piper, souffla-t-il. Ne t'inquiète pas, on va la ramener.

Apaisée, elle s'abandonna un instant entre les bras de Léo puis, levant vers lui un visage embué de larmes, retourna au *Livre des Ombres*.

Après un long soupir, elle ferma les yeux, se concentra, puis s'adressa aux divinités d'en haut, plus spécialement sa mère, sa grand-mère et peut-être même Prue… si elle l'entendait.

— Je vais avoir besoin d'un petit peu d'aide, articula-t-elle. Phoebe se trouve dans une autre dimension, et il faut la ramener ici…

Sans lui laisser le temps d'achever sa phrase, le recueil ancestral s'ouvrit de lui-même. Les pages se mirent à voleter avec un bruissement fébrile puis, soudain, s'arrêtèrent. Et Piper se retrouva en train de déchiffrer un sortilège.

*Pour sauver une sorcière d'un lieu inconnu*, annonçait la formule magique, *il faut un portail temporel, qui aille d'une dimension à l'autre. Les portails s'ouvrent au moment précis du lever et du coucher du soleil, à minuit durant les soirs de pleine lune, et lors de la première récolte d'orge ou de millet.*

— Oui… mais des champs de millet, on n'en trouve pas à tous les coins de rue, remarqua Paige qui s'était approchée et lisait derrière l'épaule de Piper. Et on vient de louper le lever du jour. Et la prochaine lune sera, hum… dans neuf ou dix jours.

Près de céder au désespoir, Piper parvint à se ressaisir puis se tourna vers le petit groupe et dit :

— Léo, tu vas aller rendre visite aux Anciens et voir s'ils n'auraient pas un portail à nous indiquer.

Aussitôt, l'Être de Lumière ferma les yeux et disparut dans un nuage éblouissant.

— Paige, continua-t-elle, le livre précise qu'on doit brûler des herbes et d'autres ingrédients tout en prononçant le sortilège qui nous ramènera Phoebe et Josh. Peux-tu descendre en chercher à la cuisine ? Il nous faut du maranta, de la sauge, de la graisse de rognon de bœuf, des graines de moutarde et… heu… du millet. Ou de l'orge, peu importe. Regarde ce que tu peux trouver.

Paige inscrivit à la hâte les noms des produits dont elles avaient besoin et sortit du grenier en courant.

Resté seul avec Piper, planté au milieu de la pièce, les poings serrés, Cole attendait. La jeune femme lui jeta un regard de sympathie : elle savait ce qu'il endurait. Depuis le jour où Phoebe avait utilisé une potion pour lui ôter ses pouvoirs démoniaques, il souffrait en permanence. Il détestait l'idée de ne plus posséder la magie qui lui aurait permis d'aider les trois sorcières à lutter contre les forces du mal.

Piper ne comprenait que trop combien ce sentiment d'impuissance vis-à-vis de Phoebe le rongeait. Elle aussi était terrifiée par la perspective de perdre sa sœur. Et, s'ils n'arrivaient pas à la ramener, ce serait le désespoir total pour tous les deux.

— Vous allez le regretter, articula soudain une voix épaisse derrière eux. Vous le regretterez plus que tous les autres. Vous le regretterez…

Piper se plaqua les mains sur les oreilles et ferma les yeux. Quand elle les rouvrit, ce fut pour découvrir Cole penché sur Stuart, le regard rivé au sien.

— Qui es-tu ? lui demanda-t-il d'une voix menaçante. Si tu tiens à la vie, dis-le-moi maintenant !

— Vous le regretterez… insista-t-il. Plus que tous les autres…

— Tais-toi ! rugit Cole avant de le gifler d'un violent revers de main.

Sa tête partit de côté et une mince entaille apparut sur sa pommette. Mais il ne sembla pas s'en apercevoir et continua de considérer Cole avec son regard vitreux et brillant tout en répétant :

— Vous le regretterez... regretterez... regretterez...

— Cole ! lui cria Piper. Laisse-le. Il est fou. Il ne sait rien. C'est un innocent.

— Innocent ? Ça m'étonnerait. Il y a un démon en lui. Un démon qui a enlevé ma fiancée. Et je te jure qu'il va parler !

Tout en disant cela, Cole lui asséna une autre gifle.

— Aaah ! cria Stuart alors que du sang commençait à s'écouler de sa bouche. Laissez-moi tranquille ! Vous allez le...

— Le regretter ? Eh bien, je vais te dire une chose : je suis prêt à prendre ce risque !

Il flanqua un autre coup à Stuart, puis un autre, et un autre encore.

— Cole, non ! s'exclama Piper. Ça suffit !

Paige choisit ce moment pour revenir dans le grenier. Elle portait un bol de métal regorgeant d'herbes et de poudres odoriférantes.

— J'ai tout trouvé ! annonça-t-elle sur un ton triomphant. Maintenant, qu'est-ce que je... Aaaaah !

Elle avait les yeux fixés sur Cole qui continuait de se défouler sur le pauvre Stuart. Piper suivit son regard et sursauta.

Un ruisselet d'argent commençait à s'écouler de l'oreille de leur prisonnier.

— Cole ! hurla Piper. Arrête !

Mais lorsque le liquide qui s'échappait de la tête de Stuart commença à jaillir et que le tunnel prit forme au milieu du grenier, Paige et Piper échangèrent un bref regard.

— C'est un portail temporel ! glapirent-elles en même temps.

Piper saisit le bol d'herbes des mains tremblantes de sa sœur et courut se planter devant le *Livre des Ombres*. Quant à Paige, elle se précipita à la recherche d'allumettes.

Déjà, le vent se mettait à souffler et mugir autour d'elles, soulevant leurs cheveux dans tous les sens. Cole avait fait un brusque bond en arrière et contemplait Stuart d'un air stupéfait.

— Vite ! cria Piper. Il faut prononcer le sortilège avant que le portail ne se referme !

Dans la salle de torture, le roi venait d'ordonner à ses serviteurs de donner deux tours de plus aux liens qui retenaient Catherine. Elle avait hurlé de douleur jusqu'à ce que ses forces la quittent complètement. Mais, lorsque le maître des lieux avait, une fois encore, demandé sa main, elle avait serré les dents et secoué la tête avec l'énergie du désespoir.

— Il faut faire quelque chose ! dit Phoebe en jetant à Josh un regard épouvanté. Il faut la sauver !

— Mais comment ? demanda-t-il d'une voix blanche. On n'existe même pas, ici. Qu'est-ce qu'on pourrait faire ?

— C'est bien ton style d'abandonner, lâcha-t-elle avec dégoût.

Mais, soudain, elle vit les hommes détacher la victime et l'ôter de la roue. Sa robe était maculée de sang et son visage avait une pâleur terrifiante.

L'espace d'un instant, Phoebe eut l'impression que les yeux de Catherine se connectaient avec les siens.

L'avait-elle vue ? Était-elle si proche de la mort qu'elle avait la capacité de voir des fantômes ? Sans se poser plus de questions, Phoebe s'approcha d'elle et lui adressa un sourire tremblant.

Mais le regard de Catherine passa à travers elle comme si elle était transparente. Ses pupilles étaient vitreuses et ses lèvres remuaient comme si elle était en prière. Les serviteurs la transportèrent sur une sorte de plate-forme où ils l'allongèrent. Elle continua de murmurer pour elle-même des paroles inaudibles, ne s'arrêtant que pour jeter de temps à autre à son bourreau un regard de défi.

De nouveau il donna un ordre bref à ses hommes. Qui hochèrent la tête et le saluèrent.

— Tu as raison, souffla Phoebe à Josh. Ce doit être un roi, ou un empereur.

Ignorant sa réflexion, il fixa sur elle un regard interrogateur et demanda :

— Qu'est-ce que tu voulais dire par « c'est bien *mon* style d'abandonner » ?

— Tu as bien abandonné, quand on était ensemble ? rétorqua-t-elle sèchement.

— Phoebe, ce n'est pas moi qui ai rompu ! lui rappela-t-il.

— Bien sûr que si, Josh. Tu as arrêté de me parler, tu es devenu bizarre, aussi glacé qu'une banquise, et tu n'as même pas daigné m'expliquer pourquoi.

Josh s'apprêtait à riposter quand il hésita soudain, puis hocha la tête.

— Tu as raison, articula-t-il.

— J'ai raison ? Mais bien sûr ! Je commençais à vraiment tomber amoureuse de toi. Et, toi, tout d'un coup, tu as changé.

— Je sais, admit-il. Moi aussi, je commençais à être assez amoureux. Mais regarde-toi. Tu es solide, belle, sûre de toi. J'imagine que, quelque part, ça m'intimidait. Et, maintenant, je me rends compte que j'étais un imbécile.

Phoebe resta éberluée par cet aveu. En quelque sorte, il lui disait qu'elle était trop bien pour être vraie. Et, à cause de ça, il avait saboté leur relation...

À cet instant, l'image de Cole s'imposa à son esprit. Toujours calme, confiant, jamais il ne stressait quand elle lévitait à trois mètres au-dessus du sol ou était saisie de violentes prémonitions. Comment n'avait-elle pas compris quelle chance elle avait d'être avec lui, à San Francisco ?

*Et dire que je me retrouve avec Josh*, se dit-elle en le regardant. *J'ai plongé dans ce portail temporel pour le sauver. C'est vrai, j'ai sauvé un innocent... Mais j'étais aussi hantée par le souvenir d'un ex-petit ami. Et j'aurais pu perdre Cole rien que pour ça !*

Elle essuya une larme qui lui perlait au coin de l'œil. Puis elle lâcha un profond soupir et s'encouragea.

— Non, murmura-t-elle alors, je ne peux pas laisser notre histoire se terminer ainsi !

Agrippant le bras de Josh, elle déclara :

— Il faut absolument qu'on trouve le moyen de sortir d'ici. Je veux rentrer chez moi !

Mais, avant que Josh ait eu le temps de répliquer quoi que ce soit, la voix rauque de Catherine remplit l'espace. Phoebe se tourna vers elle et sursauta.

L'empereur se tenait au-dessus d'elle, une énorme hache à la main.

Cependant, Catherine ne montrait aucune peur et continuait à lâcher des paroles de défi à l'adresse de son tortionnaire. De toute évidence, elle voulait le pousser à abattre la lame sur sa gorge offerte.

— Non ! hurla Phoebe.

Puis elle s'élança vers le roi meurtrier.

Dans le grenier du manoir Halliwell, Paige feuilletait fébrilement le *Livre des Ombres*. Le souffle de la tornade provoquée par l'ouverture du portail avait fermé le vieux recueil, et elle ne retrouvait plus le sortilège.

Penchée sur le bol d'herbes, Piper tentait d'empêcher qu'elles soient emportées par le tourbillon.

— Dépêche-toi, Paige ! cria-t-elle. C'est peut-être notre seule chance.

— Je cherche, je cherche ! lui répondit-elle tout en déchirant quelques pages dans son affolement. Pendant ce temps, essaie de voir comment on va pouvoir brûler ces herbes avec tout ce vent !

— Mince, c'est vrai ! Qu'est-ce qu'on va faire ?

Puis, elle eut une idée.

— Paige, lui lança-t-elle, serre le livre entre tes mains et transporte-nous ailleurs qu'ici !

— Quoi ?! Tu sais que je n'ai pas encore trop l'habitude... On peut se retrouver n'importe où.

— Tant pis, fais-le ! Sinon, c'est Phoebe qui risque de se retrouver pour toujours là où elle a atterri !

Paige agrippa le livre et Piper agrippa sa sœur. Puis celle-ci ferma les yeux et se concentra sur le couloir du premier étage. Il suffisait simplement de sortir d'ici. Ensuite, tout serait plus simple.

*Concentre-toi*, songea-t-elle.

— Projette-toi, murmura-t-elle.

Alors elle éprouva cette sensation légère qu'elle connaissait bien : la lumière brillante et blanche qui scintillait autour de son corps.

Puis l'effet lumineux s'estompa et Paige ouvrit les yeux.

*Oh, oh*… se dit-elle.

Elle était dehors. Plus que dehors, même. Elle était perchée haut dans les airs, à califourchon sur un tuyau de gouttière, une de ses chaussures à talon agrippant les tuiles du toit, l'autre jambe pendant dans le vide. En bas, elle apercevait la rue, devant le manoir. Et, en face d'elle, accrochée à la cheminée, se trouvait Piper.

— Paige, lui dit celle-ci, on est sur le toit !

— Oui. Au lieu de descendre un étage, on en a monté un, voilà tout.

— D'accord, d'accord, reprit-elle en calant le bol d'herbes contre sa hanche. Au moins, on n'est pas trop loin l'une de l'autre. Maintenant, trouve-nous ce sortilège. Et, au fait, tu as les allumettes ?

Paige sortit une boîte de la poche de son imperméable qu'elle n'avait même pas pris le temps d'enlever en arrivant au manoir. Puis elle se remit à feuilleter le *Livre des Ombres*. En cinq secondes, elle retrouva la page de la formule.

— Je l'ai ! s'écria-t-elle.

— Alors, on y va ! déclara Piper en jetant dans le bol une allumette enflammée. Maintenant, je vais lire le sortilège pendant que tu nous ramènes dans le grenier. Il faut seulement espérer que cette procédure n'exige pas le Pouvoir des Trois !

— Ah, ne me mets pas la pression, en plus !

Elle saisit les herbes fumantes des mains de Piper pendant que celle-ci s'emparait du vieux livre, le posait sur ses genoux et commençait à lire :

*Ramenez dans sa chère maison*
*Notre sœur qui erre*
*Dans un monde inconnu.*
*Ramenez-la indemne*
*Et mettez fin, nous vous en supplions,*
*À son errance sans but.*

Comme Paige achevait de prononcer ces paroles, elles se retrouvèrent de nouveau dans le grenier.

La gueule béante du portail ondulait toujours à travers la pièce. Mais il était devenu si grand, à présent, que Paige ne voyait même plus Cole et Stuart.

Piper plongea son regard dans le tunnel. Aucune trace de Phoebe.

— Ça ne marche pas ! cria Paige.

— On relit le sortilège ! lui lança Piper. Fais-le avec moi, cette fois. Et... Paige ?

— Oui ?

— Applique-toi. C'est peut-être notre dernière chance.

Le cœur serré, Paige regarda le *Livre des Ombres*, saisit la main de sa sœur et toutes deux commencèrent à lire.

Phoebe ne prit pas le temps de réfléchir, ni même de respirer. Mais elle oubliait encore qu'à l'état de fantôme elle était à peu près aussi inefficace qu'une bulle de savon.

Les bras tendus, elle fondit sur l'empereur.

— Ne la touchez pas ! hurla-t-elle au moment où il levait la hache au-dessus de sa tête.

— Phoebe, non ! s'exclama Josh.

Fixant son bourreau d'un regard fiévreux, Catherine murmura une dernière parole chargée de fierté.

Et, alors que Phoebe bondissait sur lui, il abaissa son arme sur le cou de la jeune femme… au moment précis où celle qui croyait la sauver traversait le corps du roi comme s'il n'était rien de plus qu'un hologramme.

— Noooon ! cria-t-elle, avant de s'affaler lourdement sur le sol de pierre.

— Phoebe ! lui fit écho Josh en se ruant auprès d'elle pour la prendre dans ses bras.

Il jeta un regard terrifié sur le corps sans tête de Catherine, puis emporta Phoebe hors de la salle de torture.

— Je n'ai pas réussi à la sauver ! se lamenta-t-elle tandis que Josh l'emmenait à travers les couloirs du palais. C'était une innocente et je ne l'ai pas sauvée. Elle est… morte !

— Tu ne pouvais rien faire, Phoebe. Tu… Attends… Tu sens quelque chose ?

Se remettant debout, elle ravala ses larmes et dit :

— Bien sûr ! C'est une tornade qui nous arrive dessus !

— Oh, non… on a déjà donné ! s'écria-t-il alors que le plafond commençait à s'ouvrir au-dessus d'eux.

L'énorme œsophage visqueux et argenté qui, quelques heures plus tôt, les avait précipités dans l'Égypte antique, venait de se reformer !

— Non, c'est parfait, au contraire ! dit-elle en tapant des mains. Et je devine même que mes sœurs y sont pour quelque chose !

— Qu'est-ce que tu rac... aaaahhh ! hurla-t-il tandis que le portail surgissait devant lui et l'aspirait d'une seule goulée.

— Hé, ne m'oubliez pas ! lança Phoebe en bondissant à sa suite.

À son tour, elle sentit une force puissante la précipiter dans l'énorme bouche du portail tandis que le palais égyptien disparaissait de sa vue.

De nombreux hurlements d'effroi plus tard, elle lâcha un dernier cri en atterrissant sur... un tapis d'Orient.

*Le tapis de Grand-Mère !*

Elle regarda autour d'elle et aperçut ses deux sœurs, haletantes, qui la considéraient avec un mélange de soulagement et d'horreur. Évidemment, avec cette mixture visqueuse et argentée qui lui collait aux vêtements, elle n'avait pas bonne mine.

Ce qui ne les empêcha pas de glapir de joie et de bondir sur place pendant que Cole s'approchait de Phoebe pour la serrer dans ses bras.

— Je croyais vraiment t'avoir perdue, lui murmura-t-il à l'oreille.

— Moi aussi, avoua-t-elle en s'abandonnant contre son torse.

— Ça a marché ! s'écria alors Paige.

— On a réussi ! enchaîna Piper.

Regardant ses sœurs par-dessus l'épaule de Cole, Phoebe étouffa un petit rire et déclara :

— Si moi j'ai l'air de m'être shampooinée avec du mercure, je peux vous dire que vous ne valez pas mieux avec vos cheveux en pétard !

# CHAPITRE 8

— Euh… qu'est-ce qui s'est passé ?

Tout à ses retrouvailles familiales, Phoebe sursauta au son de cette voix qu'elle ne connaissait pas. S'arrachant aux bras de Cole, elle se retourna et aperçut deux hommes qui avaient l'air totalement perdu. L'un d'eux était Josh, tout aussi englué qu'elle, mais l'autre, celui qui venait de parler, était pour elle un parfait inconnu. Un côté de son visage était maculé de la matière argentée du portail.

De plus, il était ligoté à une chaise à l'aide d'un fil de fer.

— Laissez-moi deviner qui c'est, dit-elle en plissant les yeux. Josh junior ?

— Non, mais c'est tout comme, répondit Paige. Je te présente Stuart, qui surfe aussi sur Kiss.com.

— Bonjour, articula gauchement celui-ci.

Avec ses lunettes de travers et sa voix nasillarde, il pouvait difficilement se faire passer pour un démon.

— Ça marche en série, les possessions, si je comprends bien ! commenta Phoebe.

— Ça y est, dit-il, j'ai pigé. Pendant notre déjeuner, Paige, tu as dû glisser quelque chose dans mon jus d'orange, qui m'a fait tourner de l'œil. Et maintenant, je suis retenu en otage pour un rituel démoniaque. Tu es membre d'une secte ? S'il te plaît, dis-moi que ce n'est pas la scientologie !

— Rien de tout ça, ne t'inquiète pas. Attends, on va te détacher et tout t'expliquer en détail. Vous êtes d'accord, les filles ?

Rejoignant ses sœurs, elle leur fit un clin d'œil entendu avant de leur souffler :

— On leur jette le sort de l'amnésie, qu'est-ce que vous en pensez ?

— Génial, répliqua Piper en hochant la tête. Ils ne se souviendront jamais de ce qui leur est arrivé.

Vingt minutes plus tard, les sorcières avaient désenglué Josh et Stuart et les avaient fait descendre dans le vestibule.

— Paige, la supplia alors ce dernier, dis-moi franchement ce qui s'est passé. Ou... je vais être obligé d'appeler un avocat.

— Inutile, Stuart, on va tout te dire.

Se tournant vers Piper et Phoebe, elle ajouta :

— Allez, on lui raconte ensemble, les filles.

Regroupées autour de lui, main dans la main, les trois sorcières commencèrent à réciter :

*Que le souvenir de ces événements*
*Cesse de hanter son esprit.*
*Chassez-le à jamais de sa mémoire,*
*Qu'il ne fasse même plus partie*
*Du passé qu'il vient de vivre.*

Une brise odoriférante passa au-dessus de Josh et de Stuart. Lorsque ces sortilèges prenaient effet, Phoebe imaginait toujours l'un de ses ancêtres wiccan traversant la pièce et leur soufflant un baiser du bout des doigts.

La sensation d'apaisement qui venait d'envahir les deux garçons était palpable, et leurs visages se détendirent d'un seul coup.

— Qu'est-ce que je fais là ? demanda Stuart.

Remontant ses lunettes sur son nez, il adressa un sourire timide à Paige et ajouta :

— Tu m'avais invité à venir chez toi après notre déjeuner ?

— Euh… non, pas vraiment, répondit-elle en lui prenant le bras pour l'entraîner vers la porte d'entrée. En fait, ce que je t'ai annoncé à la fin du repas t'a fait un choc, je crois.

— Un choc ? interrogea-t-il alors qu'elle le poussait gentiment dehors. Pourquoi ? Qu'est-ce que tu m'as dit ?

— Qu'on m'avait appelée.

— Appelée ?

— Oui. J'adorerais te revoir mais… je dois partir en mission.

— En mission ? répéta-t-il sans comprendre. Pour ton travail ?

— Non… pour faire du bénévolat. Partir à l'étranger pour aider les autres. Même si la Colombie est un peu dangereuse, en ce moment…

— Euh… Ah… balbutia-t-il. Bon, alors, bonne chance, Paige. On a quand même passé un bon moment, ensemble. C'était sympa de faire ta connaissance.

— Au revoir, Stuart ! lui lança-t-elle tandis qu'il se dépêchait de descendre les marches.

Après avoir refermé la porte derrière lui, Paige entendit un Josh déboussolé demander :

— Phoebe… alors, si je comprends bien, toi et Paige vous… vous êtes de la même famille ?

— Nous y revoilà, soupira Piper en levant les yeux au ciel.

— On est sœurs, lui répondit Phoebe.

Devant sa mine stupéfaite, elle ajouta :

— C'est une très longue histoire, tu sais.

— Hum ! résonna soudain une voix derrière elle.

Phoebe pivota pour découvrir Cole au bas de l'escalier, un pied négligemment posé sur la première marche. Il considérait Josh avec un regard venimeux que Phoebe ne lui avait pas vu depuis le jour où il avait cessé de prendre l'apparence de Balthazar. En temps normal, elle ne supportait pas de le voir jaloux mais, après ce qui s'était passé en Égypte avec Josh, la passion qu'il manifestait lui faisait chaud au cœur.

Elle courut vers lui et l'enlaça si fort qu'il abaissa sur elle un regard étonné.

— Et, en plus d'une nouvelle sœur, j'ai aussi un nouveau fiancé, annonça-t-elle fièrement.

Prenant Cole par la main, elle lui fit traverser le vestibule et se planta devant Josh.

— Josh, je te présente Cole. Cole, voici Josh… un vieil ami.

— Ah, oui ? demandèrent-ils en même temps.

— Oui, répondit Phoebe en souriant à Josh. Je pense qu'on est amis, non ?

— C'est vrai, admit-il en souriant à son tour. Je ne sais pas trop ce qui s'est passé ici, Phoebe, mais, te connaissant, je préfère ne pas le demander.

Se tournant vers un Cole légèrement surpris, il lui tendit la main.

— Je tiens à vous féliciter. Vous avez de la chance de l'avoir.

Puis il se dirigea vers la porte et fit un petit signe à Phoebe.

— Appelle-moi, si tu trouves une explication à me donner, un de ces jours, lui lança-t-il. J'ai été ravi de te revoir.

Comme il disparaissait dehors, elle se félicita intérieurement.

— Bon, déclara soudain Cole, est-ce que j'ai vraiment envie de savoir ce qui t'est arrivé de l'autre côté de ce portail, finalement ?

— Disons que c'est une affaire classée, mon

chéri, répondit-elle en lui donnant un baiser. C'est mieux comme ça, je t'assure.

— Bon… si tu le dis… grogna-t-il.

Léo choisit cet instant pour apparaître au beau milieu du vestibule.

— Phoebe ! s'écria-t-il. Tu es revenue !

Il se précipita pour l'embrasser puis demanda :

— Et les autres… ? Josh et Stuart ?

— Ils sont repartis, définitivement libérés de leur démon.

— Tant mieux. Mais, hélas, il y en aura d'autres après eux qui seront possédés.

— Par un démon qui est capable d'en posséder plus d'un à la fois, renchérit Piper.

— Oui, fit Paige. Ce qui veut dire qu'on ferait bien de trouver l'original le plus vite possible.

— Peut-être que Phoebe a une petite idée à nous proposer ? suggéra Léo. Après tout, c'est grâce à ce démon si tu es passée dans une autre dimension.

Elle frissonna en se rappelant l'agonie et la décapitation de cette pauvre princesse, dans le palais égyptien.

— J'ai juste un prénom et une adresse, avoua-t-elle. Catherine… Dans l'Égypte de l'Antiquité…

— Ah, d'accord… fit Piper, déçue. Mais, qu'est-ce que tu faisais là-bas ?

— Tu n'as jamais entendu parler du film *Témoin d'une exécution* ?

— Oh… excuse-moi, je…

— Ça va, ça va, reprit-elle. Remontons plutôt au grenier et plongeons-nous dans le *Livre des Ombres*. Je voudrais voir si on a quelque chose sur cette Catherine.

Moins d'une heure plus tard, Phoebe avait trouvé ce qu'elle cherchait, dans la section non païenne – et ultramince – du *Livre des Ombres*.

— Mon Dieu ! s'écria-t-elle. C'était sainte Catherine !

— On traite avec les saints, maintenant ? s'étonna Paige.

Son ordinateur portable sur les genoux, elle surfait sur le site Kiss.com dans l'espoir d'y découvrir des personnages à l'attitude suspecte, pendant que Piper, Cole et Léo consultaient les recueils de démonologie de la bibliothèque Halliwell.

— Certainement, répondit Phoebe, parce que son histoire colle précisément avec ce que j'ai vu.

Comme la petite famille se réunissait autour d'elle, elle se mit à lire :

— Catherine d'Alexandrie était une princesse qui vivait dans l'Égypte du quatrième siècle, occupée par les Romains.

S'arrêtant soudain, elle regarda Piper et Paige.

— C'est exactement là où on devait se trouver, Josh et moi. On était dans un palais, au milieu d'une ville assez animée, et j'ai cru apercevoir des monuments de style romain. Il s'agissait sans doute de la ville d'Alexandrie, au nord de l'Égypte.

— Et alors ? interrogea Paige. Qu'est-ce qui est arrivé à sainte Catherine ?

— L'empereur romain Maxence l'a demandée en mariage. Mais, quand la pieuse princesse s'est refusée à lui, il l'a mise au supplice pour l'obliger à se soumettre. Parmi les instruments de torture dont il disposait, se trouvait une roue hérissée de piques, à laquelle, depuis lors, on a donné le nom de Roue de sainte Catherine. Finalement, Maxence a décapité sainte Catherine et, lorsque sa tête est tombée, c'est du lait qui s'est écoulé de son cou, et non du sang. Aussitôt après, un chœur d'anges s'est emparé de son corps pour aller l'enterrer sur le mont Sinaï.

— Dur ! commenta Paige. Tu as vu tout ça, Phoebe ?

— Je n'ai pas vu le lait mais, crois-moi, j'en ai vu assez pour faire le rapport entre les deux femmes. C'était bien notre Catherine. Mais j'en arrive maintenant au point le plus terrifiant : Maxence, en exécutant la sainte, a été maudit. Et, lorsqu'il est mort quelques années plus tard, il est devenu le démon éphémère Lupercalus.

— Lupercalus ? répéta Léo. C'est drôle, parce que Lupercalie était le nom que l'on donnait jadis au 14 février.

— Ce type a une bizarre notion de l'amour, dit Phoebe.

Intriguée, Paige se leva et regarda le livre pardessus l'épaule de sa sœur. Puis elle laissa courir son doigt le long de la page où il était ouvert et l'arrêta sur l'image d'une très belle femme à la chevelure noire. Sous celle-ci se trouvait une autre représentation : celle d'un homme à la puissante carrure, vêtu d'une tunique romaine. « Maxence, empereur des Romains », disait la légende, écrite en longues lettres stylisées.

Enfin, au bas de la feuille, apparaissait le dessin d'un loup fantomatique, nommé Lupercalus.

— Pourquoi un loup ? se demanda-t-elle à haute voix.

— Parce que *lupo* est la racine latine de « loup », expliqua Cole. Lupercalus vient de là.

— D'accord, reprit Paige. Mais, ça n'explique pas pourquoi on parle de démon éphémère.

— Un démon éphémère existe – ou n'existe pas, suivant la façon dont on le regarde – dans l'éther, dit Cole. Il suffit d'un catalyseur pour le rendre temporairement corporel, et il reste dans cet état jusqu'à l'accomplissement de sa mission.

— Sa mission étant… ? interrogea Phoebe.

— De se venger de Catherine, intervint Piper. Bien sûr… Il assouvit sa rage sur des femmes seules, par l'intermédiaire d'hommes dont il vient posséder le corps.

— Les hommes qui prennent rendez-vous avec Paige, par exemple, remarqua Phoebe.

— Quoi ?! s'exclama-t-elle. Vous croyez que j'ai quelque chose à voir là-dedans ?

— Paige, les derniers souvenirs non démoniaques de Josh et de Stuart sont ceux d'un dîner ou d'un café avec toi, lui dit Piper. Tu crois qu'il s'agit là d'une simple coïncidence ?

— Mais, qu'est-ce que ça veut dire ? Que je suis possédée ?

— Paige, lui dit Léo en venant lui tapoter l'épaule, ne t'inquiète pas. Il est clair que ces garçons étaient possédés alors que toi, tout montre que tu ne l'es pas.

— Non, attends, Léo, intervint Cole en s'approchant à son tour. Paige lui sert probablement de passage.

— De… de passage ? répéta-t-elle d'une voix étranglée.

— Oui, un intermédiaire, si tu préfères. Dans le temps, je connaissais quelques démons qui opéraient comme ça.

— Autrement dit, fit Piper, notre démon passe à travers Paige mais ne reste pas en elle ?

— C'est à peu près ça, répondit Cole.

— Beurk ! s'écria Paige, dégoûtée. Mais comment fait-il ?

*Ding, dong !*

— Vous avez remarqué que, dans cette maison, ça sonne toujours au moment le plus inopportun ? dit Phoebe sur un ton excédé.

— Oh, mon Dieu ! lâcha Paige. Quelle heure est-il ?

— Neuf heures et demie, répondit Piper. On a passé la nuit entière ici…

— C'est Max ! s'exclama-t-elle. On avait rendez-vous pour un brunch, ce matin. J'avais complètement oublié ! Qu'est-ce que je vais bien pouvoir lui sortir comme excuse pour annuler ?

— Il n'est pas question que tu annules ! lui dit Cole. Voilà au contraire une excellente opportunité de sonder notre personnage ! Est-ce que quelqu'un peut aller ouvrir à Max et lui demander d'attendre sous la véranda ?

— J'y vais, proposa Piper.

— Non, attends ! lui dit Cole, le regard brillant. Léo, va plutôt ouvrir, s'il te plaît. Il vaut mieux que Max ne voie pas Phoebe ni Piper, pour le moment. Elles se montreront plus tard.

— Dis-moi, Cole, lança Paige en le suivant dans l'escalier. Qu'est-ce que tu mijotes, en fait ?

— C'est simple. Tu acceptes de sortir avec ce Max. C'est ton second rendez-vous avec lui, n'est-ce pas ? De deux choses, l'une : ou il est déjà possédé grâce à ton intermédiaire et il revient pour t'arracher le cœur, ou alors le démon compte prendre possession de Max ce matin, pendant votre rencontre. Quoi qu'il se passe, Phoebe et Piper seront présentes pour le voir, ce qui nous fournira l'information dont nous avons besoin.

— Alors, tu veux qu'elles viennent nous espionner, c'est ça ? Cole, j'apprécie ce garçon. Je ne veux pas risquer de l'infecter avec ce démon ! C'est comme si j'avais une maladie terrible…

— Désolée, ma chérie, intervint Phoebe en les rejoignant dans l'escalier. Je sais que ça t'insupporte de lui jouer ce tour mais il faut regarder les choses en face. Si tu refuses de revoir Max, on risque de ne jamais trouver comment exorciser ceux qui seront possédés par ce démon et, dans ce cas, ce seront autant d'innocents qui disparaîtront !

— Oui, renchérit Piper, derrière elle. Pour eux, c'est tout simplement une question de vie ou de mort.

— D'accord, d'accord, j'obéis, soupira Paige. Mais vous avez vu ma tête ? J'ai l'air d'une déterrée ! On ne pourrait pas faire… je ne sais pas moi… un petit tour de magie, pour arranger un peu tout ça ? Au nom de tous ces innocents en danger…

Phoebe se tourna vers Piper, puis lâcha :

— O.K., tu es une Halliwell, après tout. Et je connais justement un sortilège qui va te transformer en un rien de temps en une véritable fée !

## CHAPITRE 9

Max emmena Paige dans un petit restaurant tranquille, au coin de l'une des rues les plus pentues de San Francisco. C'était un endroit romantique situé au sous-sol d'une baraque en bois qui, au premier abord, ne payait pas de mine.

Aussitôt entrée, elle soupira de délice en découvrant la minuscule salle à manger décorée de meubles rustiques, et dont la vaisselle et les couverts étaient savamment dépareillés.

De plus, et grâce au petit tour de passe-passe de Phoebe, Paige était vêtue à la perfection pour les lieux. Elle portait une longue jupe noire et fluide, assortie à un twin-set de soie couleur bronze, un ensemble très chic pour une matinée de dimanche à San Francisco.

En entrant, Max murmura quelques mots au réceptionniste et, quand ils s'installèrent à une petite table dans le fond de la salle, des cocktails sans alcool les attendaient.

Dès qu'ils furent assis, Max leva son verre à la santé de son invitée.

— Je sais, cela ne fait que quelques jours mais... Disons que... je n'ai pas arrêté de penser à vous depuis notre dernière rencontre.

— Moi aussi, répliqua-t-elle en sentant ses joues se colorer de rose.

Paige l'étudia un instant. Il étalait tranquillement du beurre sur un toast que le maître d'hôtel venait d'apporter. Le seul fait de le regarder la fit frissonner. Ses cheveux noirs et brillants lui retombaient sur le front en une souple mèche à la Hugh Grant, et il était superbement vêtu avec sa chemise de lin blanc et son jean usé juste comme il fallait.

*Mais un démon a tout à fait la capacité de se montrer superbe quand il en a besoin, non ?* pensa-t-elle nerveusement.

En soupirant, elle croqua une bouchée de son toast. Être une sorcière débutante lui procurait un tel sentiment d'insécurité ! Si au moins elle possédait l'expérience de ses deux sœurs. Elles sauraient sans doute repérer un démon en cinq minutes, elles.

*Ou, peut-être pas...* songea Paige en jetant un regard furtif à l'autre bout de la salle à manger.

Assises à moins de cinq mètres d'elle, Piper et Phoebe semblaient s'amuser comme des folles à les observer, dissimulées derrière leur carte de menu.

Entre le début et la fin du brunch, Paige avait décidé qu'elle adorait Max Wolf.

Et qu'il était impossible que ce soit un démon...

— J'exerce en tant qu'avocat privé, lui disait-il. Chaque jour je suis témoin d'une infernale misère à laquelle il semble impossible de mettre un terme.

— Pourtant, il faut essayer, ajoutèrent-ils en même temps.

Paige se mit à rire sans parvenir à croire qu'elle avait en face d'elle un être aussi merveilleux.

— C'est la première fois que je rencontre quelqu'un d'aussi préoccupé par le malheur des autres, souffla-t-elle, totalement impressionnée.

Il la regarda alors avec une telle intensité que Paige crut un instant défaillir.

— Si je pouvais vous dérober à vos autres rendez-vous de Kiss.com... lui avoua-t-il dans un murmure. Mais je ne voudrais pas vous précipiter. Il vaut peut-être mieux attendre pour vous d'être plus sûre de vos sentiments. Quand vous serez prête, alors vous me ferez signe. Je serai là.

Paige acquiesça en silence, cherchant à savoir si Max était le plus galant des hommes ou s'il ne cherchait qu'à subtilement la décourager.

Mais, sans lui laisser le temps de répliquer, le serveur arriva avec l'addition. Max l'examina rapidement puis signa son nom au bas du ticket, avec un stylo à encre qu'il avait sorti de la poche de sa chemise.

Comme Paige, en face de lui, s'amusait à le regarder écrire à l'envers, quelque chose dans sa signature lui parut familier. Les lettres s'inclinaient les unes vers les autres avec des fioritures à l'ancienne. C'était magnifique.

Mais, soudain, elle sursauta.

Elle considéra le stylo que Max tenait à la main… et se retrouva d'un coup dans le grenier du manoir Halliwell.

Les pages du *Livre des Ombres* qu'elle avait étudiées le matin même lui revinrent brutalement, et deux mots, en particulier, s'imposèrent à son esprit : *Maxence… Lupercalus…*

Puis elle se rappela ce que lui avait expliqué Cole : Lupo *est la racine de « loup », en latin. Lupercalus vient de là.*

Paniquée, Paige sentit son cœur se mettre à battre la chamade. Elle leva les yeux vers le visage de Max, toujours aussi lisse et impénétrable, et s'attarda sur ses yeux mordorés. Des yeux qui avaient sur elle un effet hypnotisant.

*Maxence… Lupercalus…* songea-t-elle en sentant son front se perler de sueur.

*Max… Maxence !*

*Wolf… Loup !*

Les mains soudain moites, elle chercha autour d'elle le moyen de fuir d'ici au plus vite. Mais, dans le coin où ils étaient assis, il lui faudrait contourner Max avant de bondir hors du restaurant.

Anéantie, elle se rendit compte à quel point elle s'était fait duper.

Toutefois, si elle montrait le moindre signe de panique, cela alerterait à coup sûr le démon qu'elle savait maintenant avoir en face d'elle.

Comprenant qu'un seul faux pas lui serait fatal, elle décida de jouer le jeu de Max. Elle battit alors des cils de façon exagérée avant de roucouler :

— Oh, Max, je suis tout à fait sûre de mes sentiments pour vous.

*Je suis sûre aussi que tu es le plus abject de tous les garçons que j'ai rencontrés !*

— Mais vous avez sans doute raison, poursuivit-elle. Il vaut mieux laisser les choses se faire d'elles-mêmes. Après tout, ce n'est pas si souvent qu'une rencontre comme la nôtre se produit.

— Peut-être une fois tous les deux siècles, précisa Max avec un sourire moqueur.

— En fait, observa-t-elle en se levant, vous avez raison. Je crois qu'il me faut un peu de temps pour… réfléchir à tout ça. Je pense que je vais rentrer à pied.

— Sous la pluie ? s'étonna-t-il.

— J'adore marcher sous la pluie. Mais, merci pour ce brunch. Cela a été… très enrichissant pour moi.

— Pour moi aussi, répondit-il en se levant à son tour avant de lui prendre la main.

Lentement, il la porta à ses lèvres puis lui déposa un léger baiser.

La tête de Paige recula alors comme si elle venait de recevoir une décharge électrique. Arrachant vivement sa main, elle supplia le Ciel que Max ne la voie pas trembler. Puis elle esquissa un faible sourire, passa devant lui et poussa un soupir de soulagement en voyant ses sœurs jeter de l'argent sur la table avant de se lever.

Elle quitta le restaurant sans un regard derrière elle et fit quelques pas chancelants dans la rue. La pluie avait laissé place à une brume épaisse, et elle devait plisser les yeux pour se diriger, si bien qu'elle ne vit pas Phoebe arriver derrière elle. Lorsque celle-ci lui posa une main sur l'épaule, Paige sursauta et poussa un cri.

— Oh, quel bonheur de te voir ! pleurnicha-t-elle. C'est lui, j'en suis sûre. C'est Lupercalus !

— On s'en est rendu compte quand on t'a vue sortir précipitamment. Piper est allée chercher la voiture.

Elle avait à peine achevé sa phrase que, déjà, Piper déboulait au coin de la rue. Une fois ses deux sœurs à l'intérieur, elle démarra en trombe en direction du manoir. Un quart d'heure plus tard, alors qu'elle pénétrait, trempée, dans le vestibule, Paige se planta devant le grand miroir en pied et se lamenta :

— C'est injuste : le seul garçon sur qui je flashe s'avère être un empereur romain aussi cruel que rancunier ! J'ai vraiment tout faux !

— Paige, lui dit Piper, réfléchis. Pourquoi Lupercalus te manipulerait-il de façon à ce que tu transformes tous tes soupirants en machines à tuer, au lieu de les manipuler lui-même directement ? C'est autre chose ; il t'a jeté un sort !

— Mais pourquoi? demanda-t-elle en s'appuyant contre le mur. Une fois que je suis entrée en contact visuel avec ces garçons, le transfert est fait, non ?

— Oui, mais imagine que l'un d'eux t'ait plu, intervint Phoebe. Tu aurais alors arrêté de surfer sur Kiss.com... Max t'a, au contraire, incitée à continuer et à prendre ton temps. De cette façon, tu fournis à Lupercalus une armée d'arracheurs de cœurs. C'est le plan idéal, pour lui.

— C'*était* le plan idéal, corrigea Piper. Maintenant, il faut qu'on trouve comment le contrecarrer.

*Ding, dong!*

— Tu avais raison, Phoebe, en disant qu'on sonne toujours quand il ne faut pas, maugréa Paige.

Et, bien sûr, lorsqu'elle alla ouvrir, ce fut Max qu'elle trouva à la porte, un sourire figé sur son visage trop lisse.

— Max ! lança-t-elle, bien campée sur le seuil pour le décourager d'entrer. Euh... je vous manque déjà ?

— Bien sûr, Paige, rétorqua-t-il en parvenant à se glisser malgré tout dans le vestibule. Mais ce n'est pas pour cela que je suis ici.

— Ah bon ?

Max tourna la tête au son de la voix de Phoebe, debout à la porte du salon. Et, de l'autre côté du vestibule, à l'entrée de la salle à manger, il découvrit Piper, qui lui demanda :

— Alors, pourquoi êtes-vous là ? C'est juste un peu de curiosité familiale. Je suis Piper, la grande sœur de Paige. Et voici Phoebe, son autre grande sœur.

— Charmé, répondit Max d'un air distrait avant de reporter son attention sur Paige. Je… J'ai oublié mon parapluie, et je reconnais que je suis ravi d'avoir pu trouver cette excuse pour vous revoir.

— Oh, lâcha-t-elle platement en balayant la pièce du regard. Mais je ne le vois pas ici. Vous l'avez peut-être laissé dans le jardin d'hiver ?

— Oui, sans doute, répliqua-t-il d'une voix sèche. Je crois me rappeler où il est.

Il accorda un sourire poli à Phoebe tandis qu'elle faisait un pas de côté pour le laisser passer. Lorsqu'il traversa le salon pour rejoindre la véranda, elle souffla à ses sœurs :

— On tient notre oiseau. Maintenant, qu'est-ce qu'on fait ?

— Je n'en sais rien ! dit Piper. On n'a pas eu le temps de faire la moindre recherche. On n'a ni sortilège, ni potion, ni rien du tout !

— On a ta pichenette explosive, rétorqua Paige. Tu peux toujours l'essayer sur lui.

— Je ne préfère pas.

Paige se figea soudain en entendant la voix de Max derrière elle. En fait, elle la *sentit* plutôt qu'elle ne l'entendit. Et, dès l'instant où il parla – sur un ton nettement plus grave et sinistre que celui qu'il employait d'habitude –, les cheveux de la jeune femme se dressèrent sur sa tête.

Elle fit brusquement volte-face et le découvrit, menaçant, à la porte du salon. Et ce n'était pas un parapluie qu'il tenait à la main. Dans sa paume scintillaient des éclairs et, déjà, il prenait son élan pour les précipiter sur Paige.

Elle poussa un hurlement de terreur et se baissa pour éviter la décharge d'énergie qui déchira l'air au-dessus de sa tête. Puis elle éprouva l'impression devenue familière que son corps « décollait » vers le néant. C'était comme si son côté magique réagissait sous la menace, sans l'intervention de sa volonté ou de sa conscience.

Le temps qu'elle retrouve sa place originelle, la boule d'énergie avait heurté le mur derrière elle avec un craquement assourdissant.

— Yaaah ! s'écria alors Piper en claquant des doigts dans la direction de Max.

Mais Max n'était déjà plus Max. Ses yeux gonflés de venin avaient viré au jaune acide, et un champ de forces quasi invisible – bleu glacé et crépitant comme un fil sous haute tension – s'était instantanément formé autour de lui. L'écran protecteur fit rebondir sur elle l'attaque lancée par Piper.

— Attention ! hurla Phoebe en franchissant le vestibule d'un bond énorme.

Elle saisit sa sœur par la taille et plongea avec elle sur le carrelage au moment où l'explosion atteignait le miroir, juste à l'endroit où Piper se tenait l'instant d'avant.

— O.K., commenta Phoebe, il a des yeux de loup, de l'énergie électrique et un champ magnétique pour le protéger. Mais, nous, on a le Pouvoir des Trois !

— Vous croyez cela ? demanda Max. Souvenez-vous que j'utilise un passage à travers le cerveau assoiffé d'amour de votre sœur. Testez mes pouvoirs et vous verrez ce que je peux faire grâce au petit chemin que j'ai tracé en elle !

Sur ces mots, il fixa sur Paige un regard sauvage et, aussitôt, une douleur cinglante la frappa dans le crâne. Une douleur qui n'était pas physique mais mentale : l'angoisse des victimes de Lupercalus !

L'existence de Paige disparut peu à peu dans un brouillard opaque tandis que Max lui emplissait l'esprit des sensations de Carla Janowski. Les dernières heures de la jeune femme s'imposèrent à elle par des flashs fulgurants, par une violente succession d'images traduisant chacune les émotions de son ancienne amie de fac : son intense besoin d'affection, son espoir fou de trouver un jour l'amour, puis, de nouveau, l'anéantissement total de ses illusions.

Enfin Paige ressentit les derniers instants de vie de la pauvre Carla. Effondrée sur le sol du vestibule, elle serra convulsivement les bras, se balança d'avant en arrière et se mit à gémir. Puis la passion la submergea. Un baiser… Le baiser fatal pour Carla. Et ensuite, ce fut l'horreur. Une douleur atroce. Se prenant la poitrine entre les mains, Paige sentit les griffes fantômes de Lupercalus lui labourer la chair avant de pénétrer entre ses côtes pour lui arracher le cœur !

— Arrête ! hurla soudain Phoebe.

Le son de sa voix parvint à l'extirper de son cauchemar mais, l'attaque mentale de Max l'ayant extrêmement affaiblie, Paige vit à peine sa sœur se redresser en titubant et se jeter sur Max, les poings en avant.

Le démon poussa un rugissement diabolique et se détourna de sa victime pour envoyer une puissante décharge sur Phoebe. Cette fois, l'arme électrique prit la forme d'un long serpent qui s'enroula autour du cou de la jeune sorcière et la précipita à terre en lui coupant le souffle.

Paige la vit remuer de façon imperceptible tandis qu'elle gisait, inanimée, sur le sol. Elle sentit aussi l'étau émotionnel de Lupercalus se desserrer autour de son cerveau douloureux. Plongeant en avant, elle se prit les tempes entre les mains et aperçut Max qui courait à travers le vestibule, accompagné d'un infernal vent de tempête.

Un portail surgit alors du tapis d'Orient, créant autour de lui un véritable chaos, auquel s'ajouta un vacarme suraigu et assourdissant.

*Bien sûr*, songea Paige en émergeant péniblement du brouillard qui lui avait envahi l'esprit, *le portail temporel est le chemin favori du démon éphémère.*

Max bondit dans la gueule béante du boyau d'argent, qui se referma autour de lui comme une plante carnivore.

Lorsque le tunnel disparut enfin, Paige cessa de lutter, et tout devint noir autour d'elle.

## CHAPITRE 10

— Paige ! s'écria Phoebe.

Se redressant avec peine, elle s'approcha de sa sœur.

— Phoebe ? Qu'est-ce qui se passe ? résonna une voix masculine derrière elle.

Elle leva les yeux pour apercevoir Cole et Léo qui dévalaient l'escalier, l'air complètement affolé.

— Vous aviez raison, lança alors Piper. Max était bien Lupercalus, et il a réussi à manipuler l'esprit de Paige. Mais elle souffrait tellement qu'elle s'est évanouie.

Cole s'agenouilla près de Phoebe qui soutenait la tête de Paige tandis que Léo venait se placer de l'autre côté pour lui appliquer ses paumes sur le front. Une lueur bienfaisante s'échappa de ses mains et, au bout de quelques secondes, la jeune femme toussota, battit des paupières et reprit conscience.

— Paige, lui dit Léo, tu es là ? Reviens avec nous.

Il la regarda longuement puis se figea.

— Qu'est-ce qu'il y a ? demanda Cole. Attends, laisse-moi essayer.

Il se pencha sur Paige, posa un doigt sur son menton et l'obligea à tourner la tête afin que leurs yeux se rencontrent.

— Tu as perdu connaissance pendant quelques instants, Paige, mais tout va bien, maintenant, je t'assure.

Levant une main devant elle, il interrogea :

— Combien de doigts ?

Elle cligna des yeux puis articula :

— Trois…

Sans réagir, il laissa alors Paige reprendre tranquillement ses esprits. Avec des gestes lents, elle s'assit enfin puis finit par se mettre debout.

— Ouah ! Tes mains sont magiques, Léo !

Mais, sans répondre, il resta agenouillé par terre, à côté de Cole.

— Euh… les garçons ? hasarda Phoebe.

— Cole ! Léo ! lança Piper en claquant des doigts. Revenez parmi nous !

Pour toute réponse, Léo leva le bras droit qui, lentement, commença à changer. D'abord, la peau prit une teinte grise, puis les doigts s'allongèrent… pour prendre une forme qui n'était à présent que trop familière aux trois sorcières. La forme de longues griffes luisantes et argentées.

Léo bondit alors sur ses pieds, leva les mains en avant et s'avança vers sa femme.

— Léo ? fit Piper, inquiète. Qu'est-ce qui t'arrive ?

— Oh, non ! s'écria Phoebe en le contournant prudemment. L'attaque de Lupercalus a dû fournir une sacrée dose d'énergie maléfique dans la tête de Paige. En passant par elle, il s'est introduit dans l'esprit de Léo, et c'est lui qui est possédé, maintenant !

— Phoebe ! hurla soudain Paige. Attention !

Elle se retourna juste à temps pour voir son propre fiancé fondre sur elle, toutes griffes dehors !

— Hum... un vrai bonheur ! grimaça Piper avant de reporter son attention sur Léo. Chéri, tu as déjà mon cœur, inutile d'aller plus loin, tu sais !

— Cole ! s'exclama Phoebe quand celui-ci commença à la pousser de force vers le mur du vestibule. S'il te plaît, rappelle-toi que, grâce au kung-fu, je sais me défendre !

— Tu vas... le regretter... gronda de son côté Léo en se rapprochant de Piper.

— J'aurai ma revanche, enchaîna Cole en se jetant sur Phoebe.

— Oh, non, ça ne va pas recommencer ! se lamenta Paige, les mains sur les tempes.

Sur ces mots, elle tendit les bras en avant et ordonna :

— Chandelier !

Aussitôt, l'un des lourds chandeliers de cuivre qui trônaient sur la table de la salle à manger décolla et vint atterrir dans sa paume. Dès qu'elle l'eut bien en main, elle se rua sur Léo et l'assomma avec.

— Léo ! cria Piper avant de fusiller Paige du regard. Tu as vu, tu viens de cogner mon mari !

— Ne me remercie pas, surtout ! rétorqua-t-elle.

Apercevant Phoebe qui levait brusquement une jambe en avant, elle fit un bond de côté pour éviter son geste de défense.

— Yaaah ! cria celle-ci en assenant un violent coup de pied au bras de Cole, qui s'apprêtait à lui arracher le cœur.

Un instant déséquilibré par cette attaque-surprise, il hésita et Phoebe en profita pour lui saisir la main et la lui tirer violemment dans le dos. Mais il se débattit avec une telle rage que l'une de ses griffes égratigna au passage la joue de la jeune femme.

— Phoebe ! hurla Piper.

Puis, n'obéissant qu'à son instinct, elle claqua des doigts et figea Cole en pleine action.

Un peu étourdie, Phoebe s'affaissa contre le mur, se laissa glisser au sol et se plaqua une paume sur la joue.

— Il m'a fait mal, lâcha-t-elle sur un ton incrédule.

— Ce n'est pas lui, lui dit Paige. Tu le sais bien.

Debout au-dessus de son mari étendu par terre, Piper le considérait d'un air désolé. Lorsqu'il s'était évanoui, sa main griffue s'était rétractée et, à présent, il ressemblait au vrai Léo – vulnérable et gentil.

— Piper, insista Paige, méfie-toi de ce que tu crois voir. Derrière cet air doux et gentil, c'est l'esprit d'un démon qui se cache. Quand il se réveillera, il va devenir hyperdangereux ! Et ça va durer comme ça jusqu'à ce qu'on trouve le moyen de lui extirper Lupercalus du corps... sans que ça nous précipite en même temps dans l'Égypte ancienne !

— Elle a raison, lâcha Phoebe. Pour l'instant, il faut se résoudre à enfermer nos deux petits chéris là où ils ne pourront faire de mal à personne.

— La cave ! déclara Piper. Il y a des barreaux aux lucarnes, et un verrou à l'extérieur.

— Oui, ça me semble parfait, reprit Phoebe. Envoyons-les en bas tout de suite avant que Cole ne se réveille.

— Vous avez l'intention de les téléporter à la cave comme ça ? leur demanda Piper d'un air sceptique.

— Bien sûr ! répliqua Paige. Ça va aller tout seul.

Suivie de ses deux sœurs, elle ouvrit la porte donnant sur le sous-sol, dévala l'escalier et se plaça au centre de la pièce en fermant les yeux.

— Cole ! appela-t-elle alors d'une voix forte.

Un instant plus tard, Cole apparut dans un nuage scintillant, non sans la bousculer violemment au passage.

— Du calme ! ajouta-t-elle avec fermeté.

— Bon, maintenant que tu as Cole, on peut faire venir Léo ? demanda Piper.

— Oui, ne sois pas impatiente. Léo !

Dès que l'Être de Lumière eut fait son apparition dans la cave à côté des trois sœurs, celles-ci échangèrent un rapide regard puis grimpèrent quatre à quatre l'escalier menant au rez-de-chaussée.

— Le *Livre des Ombres* ! lança alors Phoebe en se ruant au grenier avec Paige. Il ne faut pas traîner !

À peine eut-elle verrouillé la porte que Piper entendit un fracas soudain émanant de la cave.

*Ça, c'est Cole qui se réveille*, songea-t-elle en collant son oreille contre le battant. *Léo a dû reprendre conscience, aussi.*

C'est alors qu'elle entendit celui-ci marmonner :

— Vous allez le regretter… le regretter…

Puis, Cole se mit à hurler :

— Phoebe ! Sors-moi d'ici ! Phoebe… !

Piper tira un coup sec sur la porte afin de s'assurer qu'elle tiendrait le coup, puis s'apprêta à aller rejoindre ses sœurs quand…

— Aaaah ! s'étrangla-t-elle en découvrant deux étrangers devant elle.

Deux hommes dont la main droite était munie de griffes d'argent acérées.

— Paige ! hurla-t-elle. Tu as encore de la visite !

Sans attendre, elle les figea d'un claquement de doigts avant qu'ils ne s'approchent pour lui arracher le cœur.

Redescendues en trombe, Phoebe et Paige s'arrêtèrent net sur le seuil de la cuisine.

— Mon Dieu ! Paige, combien de garçons as-tu vus au cours de tes rendez-vous ?

— Seulement quatre ! répondit-elle. Charlie, avec qui j'ai pris un café l'autre jour, et… heu… lui, je ne me souviens plus de son nom.

— Tu as oublié son nom ? s'indigna Piper. Paige, là tu exagères !

— Mais, non... protesta-t-elle faiblement. Ah, si, je me rappelle, maintenant ! C'est Stevie Seul !

*Ding, dong !*

— Qui ça peut bien être ? interrogea Phoebe en fixant Paige.

— Oh, c'est vrai, lâcha-t-elle. J'ai un déjeuner avec un certain Alan. J'avais oublié... mais, pas de problème, j'aurai vite fait de me débarrasser de lui.

Piper et Phoebe restant sur leurs gardes, elle courut vers la porte, l'ouvrit et demeura bouche bée. Devant elle se tenaient non seulement Alan, l'attaché de presse, mais aussi Teddy, le médecin des urgences.

— Oh... euh... bonjour, vous deux, balbutia-t-elle. Est-ce que je me serais trompée dans mes rendez-vous ? Quelle maladroite je fais !

Puis elle se tut car elle devinait que les deux hommes se moquaient pas mal de ce qu'elle pouvait bien leur raconter. Ils se tenaient là, sous le porche, hypnotisés par elle dès l'instant où leurs regards s'étaient croisés.

— Nooon ! gémit-elle en s'enfuyant vers la cuisine.

Déjà, ses deux soupirants étaient à ses trousses, toutes griffes dehors !

— Piper ! cria Paige. Aide-moi, s'il te plaît !

Aussitôt, Piper s'empressa de figer les nouveaux venus.

— Bon, allez, on les envoie en bas rejoindre les autres, décida Phoebe. Après, on voit ce qu'on fait.

Paige prit deux de ses prétendants par le coude et, fermant les yeux, se transporta avec eux dans la cave. Retournant aussitôt à la cuisine, elle répéta la manœuvre. Mais, cette fois, les deux amoureux transis se ranimèrent au moment où ils atteignaient les marches du sous-sol.

— Tu vas le regretter… marmonna Alan.

— Amour instable, enchaîna Teddy.

— Oui, c'est ça ! rétorqua-t-elle avant de se téléporter aussitôt au rez-de-chaussée.

Paige répéta machinalement les deux mots de Teddy, puis elle sursauta.

— Hé, mais attendez ! s'exclama-t-elle en se tournant vers ses sœurs. L'amour ! C'est de ça qu'il s'agit, non ? Amour contrarié, besoin de revanche ? Alors, peut-être que la solution c'est de donner à Lupercalus l'amour qu'il désire.

— Et comment ? se moqua Piper. En lui préparant un gâteau ?

— Euh… on pourrait commencer avec celui que *toi* tu aimes vraiment, suggéra-t-elle. Si tu lui montrais un petit peu d'attention, ça anéantirait peut-être le désir de vengeance du démon qui est en lui, non ?

— Paige, riposta-t-elle. C'est… c'est complètement stupide !

— Détrompe-toi, Piper, lui dit Phoebe en lui posant une main sur l'épaule. D'ailleurs, je commence à me sentir un peu coupable parce que, toutes les deux, on n'a pas été d'un grand soutien, ces derniers temps, pour nos amoureux.

Piper baissa les yeux puis jeta à sa sœur un regard sceptique.

— Écoute, continua celle-ci, c'est mon expérience avec Josh qui m'a fait comprendre à quel point Cole était précieux pour moi. Il respecte ma magie au lieu de la craindre. Jamais il ne fuit le perpétuel défi que représentent les Halliwell.

Sa voix parut se briser quand elle poursuivit :

— Je m'apprêtais à lui dire tout ça dès que les choses se seraient calmées, et puis… J'espère seulement que j'en aurai la chance, à présent.

— Tu as raison, dit Piper en s'appuyant avec lassitude contre le comptoir. Par habitude, on finit par trouver normal tout le bien qu'un homme peut vous apporter chaque jour.

Se tournant vers Paige, elle ajouta :

— Toi aussi, tu as raison. C'est sans doute l'amour qui peut tout sauver. Ou sauver au moins ce Lupercalus. Alors, autant essayer.

Allant ouvrir la porte de la cave, Piper se dépêcha de figer à nouveau les quatre possédés. Paige descendit alors vers Léo, lui prit la main et le transporta dans la cuisine. Une fois le battant refermé, Piper fit un signe de tête à ses sœurs qui, après avoir solidement ligoté l'Être de Lumière sur une chaise, le prirent chacune par un bras.

Enfin, Piper claqua des doigts en direction de son mari et le ranima.

— Piper ! rugit-il tandis que, sur sa main droite, surgissaient des griffes acérées comme des rasoirs.

— Léo... murmura-t-elle.

— Regretter... tu vas le regretter ! aboya-t-il.

— Arrête ! cria-t-elle avant de se jeter à genoux devant lui.

Et soudain, elle oublia tout de leur plan, comme si ses sœurs avaient disparu.

*Pourquoi est-ce que je ne commence à apprécier ces tendres moments que lorsqu'ils sont sur le point de disparaître ?* se demanda-t-elle, les larmes aux yeux.

— Léo, dit-elle doucement, je regrette tous les petits reproches que j'ai pu te faire, ces derniers temps. Je regrette l'attention que j'ai parfois oublié de te donner. J'aime la façon dont tu résistes face à mes pouvoirs magiques, la façon dont tu me réveilles le matin avec une petite chanson idiote. J'aime te voir heureux, c'est tout.

Tandis qu'elle formulait ces mots sortis du fond de son cœur, Piper vit les traits de Léo s'adoucir. Lui posant une main tendre sur le genou, elle poursuivit :

— C'est vrai que la vie avec toi est un peu bizarre, parfois. Avoir un mari qui est mort, ça représente un véritable challenge pour moi. Mais ça veut dire aussi que... je vis avec un ange. Jamais plus je ne considérerai cette chose comme normale.

Sur ce, Piper se pencha vers Léo, certaine d'avoir aperçu une lueur de reconnaissance dans son regard juste avant que leurs lèvres ne se rencontrent pour un baiser de réconciliation.

Puis elle recula et lui sourit. Cet instant lui parut si délicieux qu'elle en oublia la présence de ses sœurs. Elle sursauta donc lorsque Phoebe murmura :

— Il a l'air calmé. On dirait que ça a marché.

Piper se releva sur des jambes tremblantes, recula puis contempla le visage de Léo, figé sur un sourire rêveur. Alors, elle se tourna vers Phoebe et Paige, et dit :

— Détachez-le.

— Tu es sûre… ?

— Oui, détachez-le. C'est mon mari. Je sais qu'il est incapable de me faire du mal.

Avec des gestes prudents, les deux jeunes femmes le libérèrent de ses liens. Il se leva alors et fit quelques pas hésitants vers Piper, qui le laissa approcher.

Ce ne fut que lorsqu'il se trouva à sa hauteur qu'elle baissa les yeux et remarqua… que sa main griffue n'avait pas repris sa forme originelle.

— Hum… Léo ? articula-t-elle.

— Qui va le regretter, maintenant, hein ? rugit-il en levant sur elle un bras menaçant.

## CHAPITRE 11

— Oh non, ça n'a pas marché ! s'écria Paige tandis que Léo s'apprêtait à déchirer la poitrine de sa femme.

Sans se poser davantage de questions, Phoebe bondit sur son beau-frère, se pendit à son dos et attrapa sa main mortellement armée.

— Piper ! hurla-t-elle. Fige-le !

Consternée par sa découverte, Piper avait bondi en arrière et, les mains sur la bouche, regardait maintenant Léo qui se débattait comme un malade entre les mains puissantes de Phoebe. Elle ne parvenait pas à croire que ses paroles d'amour n'avaient eu aucun effet.

— Léo, je t'en prie ! supplia-t-elle.

Il cessa un instant de lutter contre Phoebe et croisa le regard de sa femme qui eut un sursaut d'espoir.

Puis, explosant d'une force soudaine, il asséna un violent coup à Phoebe, la propulsant brutalement contre la table de la cuisine.

Sans hésiter plus longtemps, Piper jeta les mains en avant et figea de nouveau son mari en pleine action. Aussitôt, Paige se plaça devant lui, ferma les yeux, se concentra et, une fois de plus, l'envoya rejoindre les autres à la cave.

Mais, au cours de ce passage magique, elle fit une fausse manœuvre… qui transporta en même temps Alan dans la cuisine.

Poussant un cri sauvage, il courut se cacher derrière le comptoir central sans leur laisser le temps d'agir.

Paige saisit alors un rouleau à pâtisserie dans un pot de céramique et s'approcha sans bruit pendant que Piper et Phoebe, après avoir échangé un coup d'œil complice, contournaient chacune le meuble afin de cerner Alan. Mais, quand les sorcières bondirent là où elles croyaient le surprendre, celui-ci avait disparu.

Soudain, une sinistre voix masculine résonna au-dessus d'elles. Glacée d'effroi, Piper leva les yeux pour apercevoir Alan accroché comme un singe à la hotte, au-dessus de la cuisinière.

— Comment a-t-il fait ça ? interrogea Paige.

— Quelque chose me dit que Lupercalus a plus d'un tour dans son sac, déclara Phoebe.

— Ah, oui ? fit Piper. Eh bien, il y en a deux qui vont jouer ensemble, dans ce cas !

Sans attendre, elle claqua des doigts devant Alan. Celui-ci sauta de la hotte juste avant qu'une explosion ne forme un trou noir et fumant dans l'émail blanc de la tôle.

Atterrissant sur la chaise de bureau, il se tapit comme un chat sauvage et Piper s'empressa de lui envoyer un autre choc explosif. Qu'il évita de justesse en plongeant de côté. Ce fut l'imprimante qui absorba le coup, se volatilisant en mille éclats de plastique.

— Piper ! cria Phoebe. C'est un innocent, n'oublie pas ! Il faut l'exorciser avant d'essayer d'en venir à bout.

Les mains de la jeune femme stoppèrent en plein vol.

Phoebe se jeta alors sur Alan et lui asséna un violent direct du pied en plein ventre. Puis elle le martela d'une série de coups de poing, qui le forcèrent à reculer jusqu'à la porte de la cave tout en essayant désespérément d'esquiver l'attaque de la jeune sorcière.

— Ouvrez la porte ! hurla-t-elle.

Piper se jeta sur le battant qu'elle ouvrit en grand pour voir Phoebe précipiter Alan dans l'escalier du sous-sol. Tremblante, elle referma la porte sur son visage grimaçant.

— Mon Dieu, souffla-t-elle pendant que Phoebe faisait glisser le loquet en place, qu'est-ce que j'ai failli faire !

— Ce n'est pas ta faute, Piper. Tu es humaine, après tout.

— À demi humaine, corrigea-t-elle. Ma moitié sorcière devrait ignorer le sentiment de revanche. C'est comme si moi aussi j'avais été infectée par Lupercalus ! Heu… pardon, Paige.

Elle se tourna vers sa sœur qui considérait d'un air pensif l'imprimante en morceaux.

— Paige ? lui lança-t-elle. Tu es là ?

— L'ordinateur, dit-elle doucement. C'est comme ça qu'il a réussi…

— Quoi ? demanda Phoebe en s'approchant.

— Mais oui, je comprends, maintenant ! dit-elle en se tournant vers ses sœurs. Comment est-ce que je n'ai pas vu ça plus tôt ? Lupercalus m'a pénétré le cerveau à travers l'ordinateur !

— Attends, attends… fit Piper.

Elle rétablit la chaise qui, comme par miracle, avait survécu au massacre. Puis elle y fit asseoir Paige et lui dit :

— Commence par le commencement, ce sera mieux.

— D'accord, dit-elle alors que Phoebe et Piper venaient s'asseoir à côté d'elle. Voilà… je me souviens, lorsque je me connectais sur le site de Kiss.com… chaque fois que je cliquais dessus, l'écran se mettait à flasher par à-coups.

— Et alors ? interrogea Phoebe.

— Et alors… ces flashes m'étourdissaient un peu sur le moment mais, après, j'oubliais vite fait.

— D'accord… lâcha Piper d'un air entendu. Continue.

— Il s'est passé une autre chose bizarre. Max me faisait aussi tourner la tête, comme l'ordinateur. Je me suis dit que j'étais en train de tomber amoureuse mais, en fait, c'étaient peut-être ces sales bestioles envoyées par Lupercalus qui commençaient à me travailler le cerveau.

— Attends, dit soudain Phoebe, ça me rappelle quelque chose. Je vais chercher le *Livre des Ombres*.

Quelques instants plus tard, elle redescendait à la cuisine avec le recueil de magie qu'elle alla ouvrir sur le comptoir. Un doigt triomphalement pointé sur une page, elle s'exclama :

— Je le savais ! C'est un chapitre sur les différentes sortes de démons. Il dit que les démons éphémères ne peuvent exister que dans l'orbite terrestre, les champs magnétiques, les sources de puissance nucléaire – bref, tout ce qui contient de l'énergie.

— Ça explique tout, remarqua Piper. Max est fait d'électricité !

— Et pour prendre un aspect corporel et accomplir sa sale besogne, ajouta Phoebe, le démon a besoin d'un passage magique.

— Et il n'y a pas plus magique qu'une sorcière ou un Être de Lumière, n'est-ce pas ? enchaîna Piper. Ainsi, caché au cœur du site Kiss.com, Lupercalus attendait patiemment qu'une personne à la fois surnaturelle et en manque d'amour vienne s'y connecter… Alors, d'après vous, quel est le meilleur moyen de se débarrasser de lui ?

Indiquant l'écran noir de la machine, elle fit elle-même la réponse :

— Il faut le faire sortir de cette boîte.

Une demi-heure plus tard, Phoebe achevait de fignoler un sortilège pendant que Piper faisait les cent pas devant la porte de la cave.

— Il faut se dépêcher, dit-elle. Ils commencent à s'énerver, en bas.

Elle n'avait pas plus tôt terminé sa phrase qu'un fracas assourdissant s'éleva du sous-sol.

— Vous allez le regretter… ! résonnèrent plusieurs voix rugissantes.

— C'est ça ! leur cria Piper en réponse. Changez un peu de disque, les gars !

— Voilà ! annonça Phoebe en ajoutant une touche finale à son sortilège. Notre plan est en place. Il ne nous reste qu'à attirer Lupercalus dans la cuisine et le provoquer au combat, ce qui ne sera pas difficile étant donné son penchant pour la violence. Alors, quand il nous balancera une de ses boules d'énergie, Piper, tu le figes ! Moi, je m'empresse de la neutraliser avec de la potion Origine qu'on aura préparée en vitesse, et la boule se retournera aussitôt sur lui. Avec un peu de chance, elle le fera exploser et sortir de son état corporel. Ensuite, pendant qu'il sera complètement dans les vapes, on prononcera le sortilège qui le précipitera dans le petit réceptacle prévu à cet effet.

Brandissant un épais bocal de verre muni d'un couvercle permettant une fermeture sous vide, elle ajouta :

— Les concombres marinés de Grand-Mère sont restés des siècles là-dedans, et il n'y a pas plus anti-électrique que ça. Ça devrait donc retenir Lupercalus… indéfiniment.

— Ce n'est pas la solution la plus simple qu'on ait connue, commenta Piper en faisant la grimace. Mais il faut reconnaître que ça marche.

— À une condition, cependant, précisa Phoebe : qu'on arrive à attirer notre cher démon jusqu'ici. Et, pour ça, il faut que l'une d'entre nous accepte de faire un autre petit voyage dans ce tunnel argenté !

— Alors, on planque tout ce qui est fragile, d'abord, proposa Piper.

Une heure plus tard, Paige et Phoebe se glissaient dans un tout nouveau portail temporel, argenté et visqueux à souhait, émergé de la tête du premier soupirant que Paige avait téléporté de la cave. Alan, comme par hasard.

Restée au manoir, Piper devait lui rendre sa mémoire à l'aide d'une formule magique, et, surtout, préparer la potion Origine dont elles avaient besoin pour bannir à tout jamais Lupercalus. Elle avait promis d'attendre exactement une heure avant de prononcer le sortilège qui devait ramener les sorcières à travers le portail… avec Lupercalus en otage.

*Plof!*

Après une longue culbute tortueuse, le tunnel recracha Paige et Phoebe, qui tombèrent en rebondissant sur une surface dure.

— Beurk! se lamenta Paige. Je n'ai jamais fait un voyage aussi dégoûtant de ma vie!

— Oui, mais c'était un voyage dans le temps, précisa Phoebe en se débarrassant d'une traînée argentée et visqueuse qui lui collait encore au bras. Dis-toi bien que ça ne t'arrivera peut-être pas si souvent.

— Tu parles d'un privilège, marmonna-t-elle.

— En tout cas, cette fois je sais exactement où trouver notre dém...

Phoebe s'arrêta net et jeta un regard paniqué autour d'elle.

— Hum... Paige? Est-ce que ça ressemble à l'ancienne Alexandrie, d'après toi?

— Pas vraiment, à moins qu'il n'y ait eu une civilisation new-yorkaise perdue en Égypte.

Subjuguée, elle contempla l'appartement dans lequel elles avaient atterri, avec son plafond de quatre mètres de haut et ses fenêtres géantes d'où l'on apercevait le panorama splendide d'une ville gigantesque.

— C'est le loft le plus cool que j'aie jamais vu! s'exclama-t-elle.

— À quoi t'attendais-tu de la part de Max Wolf, super-avocat et démon vengeur? Mais, surtout, reste sur tes gardes, Paige.

— Tu as raison, dit-elle en avançant prudemment sur le sol de ciment peint en rouge.

Elle s'arrêta un instant devant une grande table de verre sur laquelle trônait un vase noir empli de lys. Entourée de chaises en chrome et en cuir, elle reposait sur un tapis d'Orient. À gauche de la cuisine, qui n'était séparée de la pièce principale que par un simple comptoir, se trouvait un paravent chinois qui semblait dissimuler… quelque chose.

Faisant signe à Phoebe de la rejoindre, Paige s'en approcha et regarda ce qui se passait derrière. Elle était tellement sûre d'y trouver Lupercalus tapi dans un coin qu'elle fut presque déçue de ne découvrir qu'un lit bas, recouvert d'une couette blanc et beige.

— Il faut au moins admettre qu'il a un goût irréprochable, observa Phoebe en pénétrant dans ce qui s'avérait être la chambre de Max. J'ai l'impression d'être entrée dans…

*Gloup !*

— Phoebe… ? appela Paige.

Incroyable ! Elle venait de s'approcher du lit et, subitement, elle avait disparu !

— Qu'est-ce qui se passe ? cria-t-elle sans obtenir de réponse.

*Gloup !*

Paige eut l'impression que quelqu'un venait de la pousser à travers un mur de gélatine. Et, lorsqu'elle émergea – de l'autre côté ? – l'illusion continua. Elle flottait dans une substance étrange, une sorte de gel d'un bleu transparent et brillant.

Elle aperçut alors Phoebe, en suspension non loin de là, semblant aussi désemparée qu'elle.

— Ce loft était trop beau pour être honnête, commenta celle-ci d'une voix pâteuse.

— Maintenant il ne nous reste plus qu'à essayer de savoir où on se trouve.

Les deux jeunes femmes étaient entourées de lumières jaunes qui flashaient de toutes parts, de faisceaux lumineux qui passaient en rase-mottes au-dessus de leurs têtes ou sous leurs pieds. Au loin, Paige commençait à distinguer une haute structure rectangulaire qui avait quelque chose de vaguement familier.

— Qu'est-ce que c'est ? demanda-t-elle.

— Un immeuble, on dirait, hasarda Phoebe.

Nageant vers l'objet de sa curiosité, Paige eut la surprise de se voir filer à toute allure à travers le gel, en laissant derrière elle une traînée bleuâtre et bouillonnante.

— Étonnant, quand même, cette matière…

C'est alors qu'elle découvrit le fameux bâtiment de plus près. Écartant les bras, elle s'arrêta net et articula :

— Phoebe, je sais ce que c'est… Regarde, c'est… c'est un…

— Une puce d'ordinateur, enchaîna sa sœur. Une puce géante ! Ou plutôt… c'est nous qui sommes hyperpetites à côté d'elle. Ce qui veut dire qu'on a été réduites à la taille d'une tête d'épingle puis plongées dans le monde virtuel de Lupercalus !

— Ah… répliqua platement Paige. C'est nouveau, ça. Tu… tu crois que le sortilège qui doit nous ramener chez nous marchera, d'ici ?

— Pourquoi pas ? fit-elle en se retournant pour inspecter l'univers électronique dans lequel elles avaient été précipitées. Mais ça ne servira à rien si on ne ramène pas notre démon avec nous, de toute façon.

— C'est vrai. Et il ne nous reste que quatorze minutes avant que Piper ne nous rappelle.

— Et où trouver Max ? Il peut être n'importe où, ici ou ailleurs. Ou encore, il a pu retourner à son stade éphémère ; dans ce cas, il est invisible.

— Alors, trouve un sortilège, un charme, quelque chose !

— Comme ça ? Tu es drôle, toi. Tu ne te rends pas compte comme c'est difficile de…

— Donnez-nous cette âme, heu… débordante de maléfice… lança Paige. Amenez-la devant nous, faites venir à nous Lupercalus !

— C'est ça, *ton* charme ? demanda Phoebe en souriant. Pourquoi pas, après tout ? Il n'est pas si…

— Que se passe-t-il, ici ? gronda soudain une voix d'outre-tombe.

Les deux sœurs se retournèrent d'un bond dans le gel bouillonnant pour apercevoir… le démon qu'elles cherchaient.

Lupercalus flottait devant elles.

Ses cheveux n'étaient plus qu'une épaisse crinière ondoyante et il était recouvert d'une longue robe d'argent scintillante. Quant à ses yeux jaunes, ils luisaient de colère.

— Aucune sorcière n'a le pouvoir de m'invoquer à l'intérieur de mon propre univers ! rugit-il avec rage.

— Aucune *simple* sorcière, corrigea Paige. Lupercalus, tu aurais dû te renseigner un peu avant de choisir de posséder l'une d'entre nous. Nous sommes les *Charmed.*

— Et devine qui va le regretter, maintenant ? ajouta Phoebe.

Bondissant sur le démon, elle lui encercla la tête de ses deux bras et l'y maintint prisonnière.

— Arrff ! grogna-t-il, à demi étouffé.

Son corps se mit alors à étinceler et Lupercalus frappa Phoebe d'un éclair fulgurant. Poussant un gémissement de douleur, elle relâcha son étreinte et s'écarta, son corps tremblant violemment.

Paige recula elle aussi tandis que le démon se ressaisissait et flottait lentement vers elles, ses yeux n'étant plus maintenant que de minces fentes dorées. Les deux sœurs le considérèrent avec défi puis Paige, saisie d'un mauvais pressentiment, hasarda un coup d'œil à sa montre.

— Phoebe, souffla-t-elle, il nous reste trente secondes !

— J'y suis.

— Où ? interrogea Lupercalus avec dédain. Pensez-vous vraiment pouvoir me vaincre ? Dans mon propre univers ? Vous savez, mes démons ne sont pas les seuls à posséder des griffes.

Sur ce, il leva les bras devant lui et, presque instantanément, ses mains se changèrent en énormes serres qu'il fit claquer ensemble. Les armes qu'il brandissait étaient deux fois plus impressionnantes que celles de ses sous-fifres.

Phoebe jeta à Paige un regard terrifié.

— Cinq secondes, murmura celle-ci. Quatre… trois…

— Tu vois, Max, lui dit soudain Phoebe en lui balayant les bras d'un geste méprisant, le moment est très malvenu pour nous présenter les armes !

Sans crier gare, elle lui bondit sur le dos, lui saisit les poignets et les lui fit passer d'un coup sec derrière la nuque. Lupercalus poussa un rugissement rauque et sembla paralysé par la force de Phoebe.

Alors elle ferma les yeux et attendit que le tunnel d'argent apparaisse et se déroule devant eux.

Elle imaginait déjà Piper dans la cuisine, prononçant le sortilège, sa potion à la main.

*Piper se débrouille toujours pour nous tirer d'affaire à temps*, songea-t-elle, confiante.

Le problème, cependant, fut que le portail ne s'ouvrit pas comme elle l'attendait.

## CHAPITRE 12

Une demi-heure après que Paige et Phoebe eurent sauté dans le portail temporel, Piper avait renvoyé chez lui un Alan totalement confus mais lavé de tout souvenir. Puis elle avait soigneusement placé le bocal et son couvercle à fermeture rapide sur le comptoir central de la cuisine.

À présent, elle peaufinait le sortilège qu'elle allait prononcer. Il ne lui restait que cinq minutes avant de lire le charme qui ferait revenir dans la cuisine Phoebe et Paige, accompagnées – c'était à espérer – de leur démon vengeur.

Elle jeta cinq graines de moutarde dans la casserole dont le contenu bouillonnait sur le feu, puis regarda sa montre.

— Trois, deux, un…

*Pffouitt!*

Un geyser rose avait soudain jailli dans la casserole avant de se noyer mollement dans la potion.

— D'accord, murmura Piper en regardant le *Livre des Ombres*. Maintenant, ça devrait tourner au vert saumâtre puis au bleu cadavérique. Beurk... ce sont des potions de ce genre qui font une mauvaise réputation aux sorcières. On ne pourrait pas leur donner des qualificatifs plus jolis comme, par exemple, « vert mousse » ou « bleu poudre » ?

Dans la casserole, le liquide glougloutant commença à changer de couleur.

— Bon, au moins ça marche. Et je dois finalement admettre que « bleu cadavérique » correspond très bien à cette couleur hideuse !

De nouveau, Piper jeta un coup d'œil à sa recette.

— Maintenant, ajoutez... Quoi ?! Des yeux de triton ! Je croyais que ce n'était qu'une légende. Mais il y a bien une préparation qui demande ça dans ses ingrédients !

Elle fouilla dans les différentes boîtes d'épices laissées par leur grand-mère et dénicha un vieux pot de céramique rempli de minuscules globes noirs. En grimaçant, elle en saisit deux qu'elle fit rouler dans sa paume puis les jeta dans la casserole.

Elle laissa la potion mijoter pendant trente secondes, la transvasa dans une fiole de verre qu'elle referma soigneusement, puis regarda sa montre.

— Parfait, fit Piper en glissant le flacon dans sa poche. J'ai terminé une minute plus tôt que prévu.

Retournant devant le *Livre des Ombres*, elle chercha la page où se trouvait le sortilège.

Soudain, des craquements sinistres se firent entendre. La porte de la cave se fendit en plusieurs endroits et trois mains munies de griffes luisantes et acérées s'y frayèrent un passage.

— Oh, il ne manquait plus que ça ! s'exclama Piper en laissant tomber le recueil par terre. Vous travaillez ensemble, maintenant ? Écoutez, je n'ai pas le temps de m'occuper de vous !

Elle se rua vers la porte pour figer les démons avant qu'ils ne fassent irruption dans la cuisine. Mais, à ce moment, le battant explosa et des pans de bois lui atterrirent en pleine poitrine.

Lâchant un cri de douleur, elle se sentit propulsée en arrière et entendit – plus qu'elle ne sentit – sa tête heurter le comptoir.

*Léo*, pensa-t-elle alors que ses paupières battaient faiblement, *aide-moi*.

Puis elle perdit conscience et plongea dans un trou noir.

— Phoebe ? demanda Paige en serrant les dents. Où est le portail ?

— Je n'en sais rien, moi !

Toujours suspendues entre deux eaux au milieu de ce gel virtuel et bleuté, elles continuaient de se battre contre Lupercalus.

Et le démon avait l'avantage, pour le moment.

— Jamais vous ne me capturerez ! ricana-t-il. Vous savez qu'un démon éphémère peut prendre toutes les formes qu'il désire.

C'est alors que Max Wolf commença à fondre littéralement. Son beau visage émacié prit l'aspect d'une tête de serpent – verte, visqueuse et incrustée d'écailles. Ses yeux jaunes se gonflèrent et son corps s'allongea peu à peu pour se transformer en un monstre reptilien à la taille immense.

Paige et Phoebe se regardèrent puis, en même temps, appelèrent :

— Piper !

Aucune réponse.

Lupercalus nageait autour d'elles en formant un cercle de plus en plus étroit. Battant de sa queue pleine d'écailles, il fit naître une série de bulles bleutées à la surface du gel. Puis il cracha dans leur direction… une boule d'énergie qui leur passa juste au-dessus de la tête.

— J'ai créé cet univers ! rugit-il. Et je le contrôle. Ce qui veut dire que je vous contrôle, vous aussi ! Et je vais m'amuser un peu avec vous avant de vous tuer.

— Comme tu l'as fait avec Catherine ! lui lança Phoebe sur un ton de défi.

*Oh*, se dit Paige tandis que Lupercalus stoppait brusquement et lâchait un rugissement de rage. *Ce n'était peut-être pas la façon la plus délicate de lui dire ça !*

— Peu importe, rétorqua-t-il. Si c'est ce que tu veux, je vais vous faire périr sans attendre.

— Phoebe ! hurla Paige en haletant de terreur.

Lupercalus recula alors et ouvrit une gueule monstrueuse. Longues et acérées, ses dents avaient une vilaine teinte brune et dégageaient une odeur insupportable.

Saisissant sa sœur par les épaules, Phoebe la regarda droit dans les yeux.

— Téléporte-nous ! ordonna-t-elle.

— Quoi ?!

— Téléporte-nous loin d'ici, Paige. Ramène-nous à la maison ou nous sommes fichues !

— Mais... mon pouvoir est tellement instable, je ne sais pas...

— Maintenant, Paige ! cria-t-elle avant de se tourner vers Lupercalus.

— Tu nous veux ? Eh bien, viens nous chercher !

— Aaarghhh ! mugit-il, fou de rage, avant de fondre sur les deux sœurs.

— Aaaahhh ! cria Paige en écho.

Agrippant alors le bras de Phoebe, elle la fit disparaître avec elle.

Lorsque le nuage lumineux s'évanouit, Paige cligna des yeux et regarda autour d'elle. Elles ne flottaient plus au milieu du gel bleu, et Lupercalus était introuvable.

Elle poussa un immense soupir de soulagement puis inspecta leur nouvel environnement : de hautes tiges vertes et feuillues, un ciel bleu et pur, une brise apaisante...

*Meuh !*

Et... le beuglement d'une vache, non loin de là.

— Hum... fit Paige.

— Euh, oui… enchaîna Phoebe, on est au beau milieu d'un champ de maïs. Je crois que tu nous as transportées en Iowa, ma chérie !

— Et alors ? L'Iowa, c'est mieux que l'enfer de Lupercalus, non ? Je te l'ai dit, je ne suis pas encore très douée dans ma spécialité.

— Eh bien, tu ferais mieux de t'entraîner un peu parce que j'ai réussi à appâter Lupercalus… pour qu'il nous suive ! Et s'il nous a suivies, il ne va pas tarder à faire une petite apparition à la maison !

— Mon Dieu, et Piper ! souffla Paige, horrifiée.

Prenant la main de Phoebe, elle ferma les yeux et se concentra puissamment sur le manoir Halliwell afin de se propulser directement chez elles. Une vive lumière commença à se former autour de son corps qu'elle sentit s'alléger à mesure que l'effet de la téléportation se précisait.

Puis elle ouvrit les paupières.

— On y est presque mais ce n'est pas encore ça ! lui cria Phoebe.

Paige se retrouva en effet cramponnée à une barre métallique, en train de lutter contre un vent diabolique. Baissant les yeux, elle aperçut un ruisseau de minuscules voitures, en contrebas. Un ruisseau qui surplombait un gigantesque bras de mer !

— Le Golden Gate ! glapit-elle. Je nous ai transportées sur le pont du Golden Gate !

— Exactement ! lui lança Phoebe du perchoir où elle se tenait maladroitement. Essaie encore !

Tendant la main à sa sœur, Paige fit une nouvelle tentative dès qu'elle sentit leurs doigts se toucher.

Lorsque le nuage étincelant commença à se dissiper, elle ouvrit les yeux non sans appréhension.

— Ça y est ! s'exclama-t-elle. Je n'arrive pas à croire qu'on est enfin chez nous ! Mais... Piper ?!

Elle venait d'apercevoir sa sœur étalée, inconsciente, sur le carrelage de la cuisine, le *Livre des Ombres* ouvert à ses côtés. S'approchant d'elle, Paige constata qu'elle était glacée.

— Phoebe, aide-moi à l'emmener au salon. Vite !

— Hum... fit celle-ci, je ne crois pas que ce soit le bon moment.

Paige la regarda sans comprendre et la vit alors reculer face à Teddy, Charlie, Stevie et Cole. Leurs yeux avaient viré au jaune brillant, exactement comme ceux de Lupercalus. Et ils remuaient leurs mains griffues d'une façon tout à fait malveillante.

— Tu peux faire quelque chose ? demanda Phoebe d'une voix rauque.

— Rouleau à pâtisserie ! ordonna Paige.

L'ustensile lui atterrissant aussitôt dans la main, elle se redressa, s'avança en silence derrière les quatre possédés et asséna à chacun un bref coup sur la nuque. Comme une rangée de dominos, ils s'effondrèrent les uns après les autres.

— Mais, où est Léo ? interrogea Paige devant ses victimes allongées en rang d'oignons sur le carrelage.

— Pas le temps ! rétorqua Phoebe en courant vers Piper.

C'est alors qu'un mugissement familier se fit entendre à travers la cuisine.

Paige et Phoebe s'agrippèrent l'une à l'autre tandis que le portail temporel prenait forme devant elles. Sa bouche palpitait et luisait en crachant de petits éclairs blancs.

— Aïe ! lâcha Paige quand une boule d'énergie lui arriva sur le bras en trouant son gilet de soie préféré.

Se tournant vers sa sœur, elle cria par-dessus la tempête qui commençait à souffler :

— On dirait qu'il a mordu à l'hameçon ! Mais, maintenant, qu'est-ce qu'on fait ? Avec Piper dans cet état, on n'a plus le Pouvoir des Trois. Et je ne vois nulle part la potion Origine. Peut-être qu'elle n'a pas eu le temps de la préparer !

— Piper ! cria alors Phoebe en secouant vivement la jeune femme. Réveille-toi, s'il te plaît ! On a besoin de toi !

— Vous obtiendrez toute l'aide dont vous avez besoin ! résonna alors une voix démoniaque à l'entrée de la pièce.

Elles firent volte-face et poussèrent un même cri terrifié en voyant Lupercalus émerger du tunnel, toujours sous sa forme de démon couvert d'écailles.

Aussitôt, le portail se referma et s'évanouit, laissant le démon debout au milieu de la cuisine des

Halliwell. Son crâne chauve heurta le plafond alors qu'il rampait en direction de Paige.

— Tu voulais l'amour, n'est-ce pas ? lâcha-t-il d'une voix rocailleuse. Eh bien, moi aussi. J'ai offert un royaume à Catherine mais, malheureusement pour toi, elle m'a rejeté. Avec méchanceté.

— L'amour, tu ne sais même pas ce que c'est, espèce de monstre ! riposta Paige.

— Et toi, tu ne sauras jamais ce que c'est ! aboya-t-il avant d'ouvrir une gueule énorme et de bondir sur la jeune femme.

Instinctivement, elle ferma les yeux et se prépara à mourir.

Mais, au lieu de cela, elle sentit quelque chose lui passer au ras du nez – le pied de Phoebe qui venait de surgir devant elle pour atterrir sur la mâchoire de Lupercalus. Des dents pourries giclèrent de sa gueule avant de s'éparpiller par terre tandis que le monstre rugissait de douleur et vacillait.

Paige en profita pour se jeter sur lui et le pousser brutalement en arrière. Déjà déséquilibré par l'attaque de Phoebe, il s'effondra en écrasant sous lui sa propre queue. Un éclair jaillit de sa gueule au moment où il heurta le sol.

— Je le tiens, lâcha Phoebe en le martelant d'une volée de coups de pied rageurs. Essaie de ranimer Piper !

— D'accord, répondit Paige, le souffle court, en se tournant vers sa sœur.

Mais, déjà, quelqu'un se penchait sur elle.

Un homme aux cheveux blonds ébouriffés et au regard animé d'une lueur sauvage.

— Léo ! hurla-t-elle. Nooooon !

Le seul fait d'imaginer ses griffes d'acier en train de labourer la poitrine de Piper lui donna des ailes. D'un seul bond à travers la cuisine, elle fut sur lui.

— Arrête ! lui cria-t-elle en lui saisissant le bras.

Qu'elle lâcha aussitôt en comprenant ce qu'il était en train de faire. Loin de transpercer la peau de sa femme avec ses griffes d'argent, il avait les paumes placées sur son front et elles brillaient d'une lueur phosphorescente.

Un instant plus tard, Piper ouvrit les paupières.

— Léo… tu es revenu ? articula-t-elle faiblement.

— Oui, je suis revenu. Je ne sais pas ce qui m'est arrivé. Je t'ai vue étendue par terre et ça a créé en moi un violent déclic. Quelque chose de terrible… Oh, Piper, pardonne-moi si j'ai essayé de te faire du mal !

— Ce n'était pas toi, mon ange, répondit-elle en lui passant les bras autour du cou. Ce n'était pas toi, je le sais.

Derrière lui, elle aperçut soudain Paige et ses yeux s'arrondirent de stupeur.

— Paige ! s'exclama-t-elle en s'écartant de son mari pour bondir sur ses pieds. Comment es-tu revenue ? Est-ce que je… j'ai prononcé le sortilège ?

Et… mon Dieu, qu'est-ce que c'est que cette créature ?!

C'était Lupercalus qui continuait de se battre contre Phoebe. Il lui renvoyait chacun de ses coups et crachait du feu. Entre la sorcière et le démon, c'était à qui hurlerait le plus fort. Mais la jeune femme, pourtant, s'affaiblissait. Paige la voyait même trébucher d'épuisement.

— Je te raconterai plus tard comment on est revenues. C'est le moment de sortir un autre charme. Piper, tu as fait la potion ?

Fourrant la main dans sa poche, elle en sortit une fiole de verre contenant un étrange liquide bleu. Paige le lui arracha presque des mains et appela Phoebe.

— Viens par ici ! vite !

Puis elle se tourna vers Léo et lui montra du doigt les soupirants assommés près de la table du petit déjeuner.

— Téléporte ces garçons ailleurs, s'il te plaît, lui demanda-t-elle. Il ne faudrait tout de même pas qu'ils soient blessés dans la bagarre.

Tandis que Léo dégageait la pièce au milieu d'un nuage éblouissant, Phoebe prit le temps de se retourner. Elle vit Paige et Piper debout l'une à côté de l'autre près de la cuisinière et s'écarta brusquement de Lupercalus pour les rejoindre. Elle était si fatiguée que Piper dut lui glisser un bras autour de la taille pour la retenir.

Mais le démon, lui, en voulait encore.

— Trois petites femmes en rang serré, gronda-t-il. Encore la meilleure manière de vous anéantir d'un seul coup.

Reculant pour prendre son élan, il se racla la gorge puis cracha à travers la pièce une énorme boule d'énergie.

Paige déboucha alors le flacon de potion Origine et aspergea le contenu dans l'air. La charge électrique et la solution bleue se heurtèrent pile au-dessus de la cuisinière avec un sifflement suraigu. Stoppée net par la potion, la boule d'énergie oscilla pendant un instant, grésilla et envoya des éclairs dans toutes les directions.

Puis, lentement, elle inversa sa trajectoire, avant de retrouver toute sa vitesse.

— Qu'est-ce que... ? rugit le démon.

Il fut aussitôt interrompu par le choc de sa propre arme contre sa tête. Hurlant de douleur et de terreur, la forme démoniaque de Lupercalus explosa alors avec un bruit assourdissant.

Après avoir plongé par terre, les trois sœurs se couvrirent la tête en s'attendant à prendre une douche de sang visqueux et verdâtre. Mais il n'émergea de l'explosion qu'un nuage de poussière scintillante et argentée, qui se propagea dans l'air comme un essaim d'abeilles surnaturelles.

— Le sortilège ! cria Piper en extirpant un morceau de papier de sa poche. Allez, les filles, on le récite ensemble !

Et, en chœur, les Halliwell commencèrent à chanter :

*Lupercalus, âme vengeresse,*
*Oublie là tes desseins diaboliques.*
*Que, par la volonté de Catherine*
*Et nos pouvoirs de* Charmed,
*Survienne ta dernière heure.*

Tandis qu'elles achevaient de prononcer le charme, l'essaim argenté se mit à vibrer et à se tordre comme s'il cherchait à lutter contre la puissance qui le dévorait. Mais Lupercalus – redevenu un démon éphémère et sans force – ne pouvait plus rien contre les pouvoirs magiques des *Charmed.*

Le tourbillon de poussière devint compact, se mit en vrille et se dirigea vers le bocal de verre laissé ouvert sur le comptoir de la cuisine. Comme les derniers petits grains disparaissaient dans le récipient, le manoir tout entier résonna d'un épouvantable mugissement de rage et d'agonie. Un dernier appel à la vengeance – mais inutile et vain.

Piper s'empressa de refermer le pot et vissa le bouchon de toutes ses forces.

Puis tout devint calme.

Tandis que Paige et Phoebe se laissaient chacune tomber sur une chaise, elle sortit d'un tiroir un feutre indélébile et une étiquette sur laquelle elle écrivit :

*Démon vengeur – N'ouvrir sous aucun prétexte !*

Puis elle la colla sur le bouchon et, sans cérémonie, alla ouvrir le placard et y fourra le bocal sur la plus haute étagère.

— Jeu, set et match, comme on dit au tennis, annonça-t-elle en tournant vers ses sœurs un sourire fatigué. Lupercalus battu en trois sets par les Halliwell !

## CHAPITRE 13

— Salut, tout le monde ! lança Paige en entrant dans la cuisine.

Piper et Léo étaient attablés devant un café brûlant, et Phoebe et Cole venaient à peine de les rejoindre.

— Qu'est-ce qu'il y a pour le petit déjeuner, m'man ? ajouta-t-elle sur un ton moqueur.

— Oh, ça suffit, Paige ! rétorqua Piper en la fusillant du regard. Et moi qui pensais te trouver d'une humeur massacrante, ce matin.

— D'une humeur massacrante ? Et pourquoi ça ?

— Parce que Kiss.com a été une grosse déception pour toi, finalement. Tu ne t'es trouvé personne pour la Saint-Valentin.

— La Saint-Valentin ! Mon Dieu, c'est aujourd'hui ! Ça m'était complètement sorti de la tête.

— Tu m'étonnes, lâcha Phoebe en riant. Après ce que tu as vécu ces derniers jours…

— Oui, mais ce n'est pas une raison pour…

— Allez, viens t'asseoir, lui dit Léo en tapotant le dossier de la chaise près de lui. Un bon café, ça te remettra les idées au clair.

*Ding, dong!*

— Oh, qui est-ce encore ? demanda Phoebe. Depuis les rendez-vous d'enfer de Paige, je ne supporte plus cette sonnerie !

— Ne bouge pas, j'y vais, dit aussitôt Paige en filant dans le vestibule.

— Pour une fille désespérée, je la trouve plutôt joyeuse, observa Piper.

— Si vous voulez mon avis, reprit Phoebe, elle n'a *pas du tout* oublié la Saint-Valentin !

Paige réapparut dans la cuisine avec un sourire radieux, et les bras chargés de trois énormes bouquets de fleurs.

— C'est de la part de qui ? interrogea Cole, amusé.

— Je vous dis ça tout de suite, répondit-elle en ouvrant la première carte. Oh… Stevie Seul ! Quel amour ! Et… tiens, tiens… ce cher Teddy qui se rappelle à mon bon souvenir. Et, celui-ci, c'est… Charlie !

— C'étaient tous des nuls, d'après ce que tu disais, lui rappela Phoebe avec un sourire en coin.

— Oui, mais plus aujourd'hui ! N'oublie pas que Lupercalus m'avait jeté un sort. Je ne les voyais pas comme ils étaient réellement : plus irrésistibles les uns que les autres…

— Et... c'est avec l'un d'eux que tu as rendez-vous, ce matin ? demanda Léo sur un ton vaguement inquiet.

— Oui, monsieur l'ange gardien ! Mais, ne t'inquiète pas, je n'aurai pas besoin de ta protection, cette fois. Saint Valentin veillera sur moi !

**Si tu aimes**

**Buffy™**
**CONTRE LES VAMPIRES**

**Tourne la page**
**et découvre un extrait de**

***La Moisson***
**(n° 1)**

[...]

La nuit, le lycée de Sunnydale semblait presque effrayant.

Les cours étaient terminés depuis longtemps. Un silence étrange enveloppait les bâtiments déserts dont la silhouette se découpait au clair de lune. Des ombres s'accrochaient aux cages d'escaliers, et les classes ouvertes paraissaient de sombres grottes.

Soudain une fenêtre se brisa à l'intérieur d'une salle, une main déverrouilla le panneau et le fit glisser vers le haut.

— Tu es sûr que c'est une bonne idée ?

La fille qui venait de parler regarda nerveusement autour d'elle tandis que son compagnon escaladait le rebord de la fenêtre.

— Évidemment ! Viens ! s'exclama-t-il, en lui tendant la main.

Ils traversèrent la salle de classe et sortirent dans le couloir obscur.

— C'est ton bahut ? demanda la fille en esquissant un sourire.

— C'était, corrigea son ami. Depuis le toit du gymnase, on a une vue sensationnelle sur la ville.

— Je ne veux pas monter, protesta la fille. On va avoir des ennuis.

— T'inquiète : je suis là pour te protéger.

Quand il l'embrassa, elle se raidit puis s'écarta de lui. Une grimace déforma ses traits.

— Qu'est-ce que c'était ?

— Quoi ? demanda le garçon, impatient.

— J'ai entendu un bruit.

— Mais non...

— Je t'assure que si, insista la fille.

— C'est peut-être *La Chose*, répliqua son compagnon.

— Ce n'est pas drôle !

À contrecœur, il jeta un coup d'œil alentour. Le couloir était toujours aussi obscur et désert ; pourtant, les ombres semblaient s'être épaissies, comme si elles menaçaient de se refermer autour des deux jeunes gens. Le garçon sentit son amie se rapprocher de lui.

— Y a quelqu'un ? appela-t-il.

Silence.

— Tu vois bien, nous sommes seuls, dit-il en se retournant vers la fille.

Elle avait toujours l'air effrayé.

— Tu es sûr ?

— Certain.

— Parfait, murmura-t-elle.

Alors elle ouvrit la bouche, découvrit ses crocs, et les planta dans le cou du garçon.

[...]

Buffy était perdue. Elle errait dans un endroit qu'elle ne connaissait pas et n'avait pas envie de connaître. Une grotte souterraine, peut-être, ou l'antre de quelque horrible monstre, exhalant une odeur de pourriture. Troublée et inquiète, elle avançait dans la pénombre, essayant de comprendre où elle était et de trouver une sortie au plus vite.

Une partie de son cerveau savait qu'elle rêvait ; pourtant, une autre l'avertissait que cet endroit était beaucoup trop réel.

Des images envahirent son esprit puis s'évanouirent presque aussitôt, laissant dans leur sillage un vague souvenir. Elle vit des chandelles vaciller au-dessus d'un bassin écarlate... des doigts crochus entourés de flammes… des silhouettes de monstres et l'éclat argenté d'une croix.

Un rire démoniaque se répercuta entre des pierres tombales fêlées : des créatures sans visage la traquaient… Puis elle vit clairement la couverture d'un très vieil ouvrage relié de cuir où se détachait le mot VAMPIRE.

Elle se sentit remuer dans son lit, se débattre entre les draps alors que le rêve l'entraînait de plus en plus loin. Sans crier gare, une ombre maléfique, noire comme la mort, se dressa derrière elle, poussant un rugissement dont l'écho se répercuta dans ses tempes.

— Je m'emparerai de ton corps et je le rongerai de l'intérieur…

Buffy ouvrit brusquement les yeux.

Malgré la lumière matinale, elle sentait encore le cauchemar la menacer, tapi dans son cerveau.

Aveuglée par les premiers rayons du soleil qui pénétraient à flots dans sa chambre, elle s'assit dans son lit en clignant des paupières. Elle était réveillée à présent ; elle ne courait plus aucun danger.

En sécurité dans sa maison, elle retrouvait la réalité…

— Buffy ?

— Oui, maman.

— Il est l'heure de te lever ! Tu ne dois pas être en retard pour ton premier jour au lycée !

— Quelle plaie ! grommela la jeune fille.

Elle se reprocha sa mauvaise volonté, balayant du regard les murs encore nus et les cartons empilés dans un coin de la pièce.

Poussant un soupir, elle chassa de son esprit les derniers lambeaux du cauchemar et se leva pour affronter la journée.

— Je suis sûre que tu vas beaucoup t'amuser, déclara Joyce Summers en regardant Buffy sortir de la voiture. Tu te feras plein de nouveaux amis. Sois un peu optimiste. Et surtout… tâche de ne pas te faire renvoyer.

— Promis.

Pendant que sa mère s'éloignait, Buffy resta immobile quelques instants pour observer de petits groupes d'élèves bruyants qui franchissaient d'un pas nonchalant les grilles du lycée Sunnydale.

*Bon… Finissons-en une fois pour toutes.*

Elle poussa un soupir et se mit en route. Perdue dans ses pensées, elle ne remarqua pas le séduisant garçon perché sur son skateboard qui slalomait entre les élèves.

— Attention… Laissez passer! claironna Alex. Je ne sais pas encore bien freiner!

Très grand, il avait les cheveux noirs et arborait un air d'indifférence étudiée. Alors qu'il se dirigeait vers l'entrée du lycée, il aperçut une fille qu'il ne connaissait pas.

Elle était petite et mince, avec des cheveux blond foncé et de grands yeux bleus; elle avait le visage en forme de cœur, du genre auquel il ne pouvait résister. Elle portait des bottes et une jupe vraiment courte. Passant près d'elle, Alex se tordit le cou pour mieux voir ses jambes… et oublia de regarder où il allait.

À la dernière seconde, il réussit à éviter les escaliers, mais il dut plonger sous la rambarde et atterrit en boule sur le trottoir. Une silhouette familière se précipita vers lui pour l'aider à se relever.

— Willow! s'exclama Alex, l'air dégagé malgré sa chute spectaculaire. C'est justement toi que je voulais voir!

— Vraiment? demanda la jeune fille, pleine d'espoir.

D'après les critères de Sunnydale, elle était ordinaire et ennuyeuse: toujours le nez dans un bouquin, et en plus c'est sa mère qui choisissait ses vêtements.

Son sourire doux se fit radieux tandis qu'Alex s'approchait d'elle. Fidèle à son habitude, le jeune homme ne sembla pas le remarquer.

— Oui, je voulais te voir, confirma-t-il. J'ai un problème avec les maths.

Willow s'efforça de masquer sa déception.

— Quel exercice ?

— Tous. Tu ne voudrais pas me faire bosser ce soir ? S'il te plaît... Tu pourrais être ma prof.

— J'y gagnerai quoi ? s'enquit-elle joyeusement.

— Je dois avoir une pièce d'un dollar au fond de la poche...

— Tu es trop généreux ! Commence par lire les *Théories trigonométriques* ! C'est un livre que tu devrais emprunter.

Alex fronça les sourcils.

— L'emprunter ?

— Ben oui, à la bibliothèque... Tu sais, cet endroit où on fait pousser les livres.

— Oh ! je vois, grogna Alex. Mais je veux vraiment m'améliorer. Je te promets d'être un élève studieux.

Alors qu'ils pénétraient dans l'établissement et se frayaient un chemin parmi la foule des élèves, leur ami Jesse s'approcha.

— Salut, dit-il en leur faisant un signe de tête.

— Salut, répondit Alex en lui flanquant une tape dans le dos. Quoi de neuf ?

— Il y a une nouvelle ! annonça Jesse.

— Exact. Je viens de la voir. Plutôt canon, hein ? fit Alex avec un clin d'œil.

— Quelqu'un m'a dit qu'on l'avait transférée ici, expliqua Willow.

— Vas-y, raconte, pressa Alex.

— Raconte quoi ? demanda Jesse.

Jesse était grand et costaud, avec des cheveux très courts et d'épais sourcils. Ce n'était pas un des types les plus en vue du lycée…

— Pourquoi est-elle ici ? Comment s'appelle-t-elle ? interrogea Alex en levant les yeux au ciel.

Jesse haussa les épaules en guise de réponse.

— Décidément, mon pauvre vieux, tu ne me sers pas à grand-chose, décréta Alex en soupirant.

Assise dans le bureau du principal, Buffy faisait face à M. Flutie. C'était un homme d'âge mûr plutôt ventripotent qui semblait assez content de lui-même. Il sortit son dossier, le feuilleta brièvement et leva la tête vers elle.

— Buffy Summers, récita-t-il. Classe de seconde, transférée du lycée Emery à Los Angeles. Vous semblez traîner derrière vous une longue liste de crimes...

Avant que Buffy puisse répondre, il sourit et, sans le lire, déchira en quatre le rapport du proviseur d'Emery.

— Bienvenue à Sunnydale, dit-il cordialement. Ici, nous vous offrons une chance de repartir de zéro. Le passé est le passé...

Son regard se posa alors sur un morceau du rapport, et il écarquilla les yeux.

— Ouah ! Euh... (Il se reprit.) Où en étais-je ? Ah oui. À Sunnydale, nous ne voulons pas seulement de bons étudiants ; nous tentons de faire de nos élèves des jeunes gens équilibrés...

Il arrangea les morceaux du rapport devant lui à la manière d'un puzzle.

— D'autres proviseurs pourraient se braquer sur l'incroyable déclin de vos résultats, continua-t-il. Moi, je m'efforce de comprendre l'être humain dont la moyenne décline incroyablement. D'autres proviseurs pourraient s'inquiéter à cause des bagarres auxquelles vous avez participé…

— Monsieur Flutie… coupa Buffy.

— Les élèves de Sunnydale peuvent m'appeler Bob.

— Bob…

— Mais ils ne le font jamais.

Le proviseur ouvrit un tiroir et en sortit un rouleau de Scotch avec lequel il reconstitua le rapport.

— Monsieur Flutie, je sais que j'ai des antécédents quelque peu… inhabituels, mais…

— Ne vous en faites pas pour ça. Cela dit, « inhabituels » me semble un peu faible. « Catastrophiques » serait plus approprié.

— Je n'ai rien fait de si terrible, protesta Buffy.

M. Flutie la dévisagea.

— Vous avez tout de même mis le feu au gymnase d'Emery.

La jeune fille frémit à ce souvenir.

— C'est vrai, mais je n'avais pas le choix. Il était plein de vampi…

Elle préféra taire la suite.

— Buffy… Dans un autre lycée, on vous dirait sans doute : « J'espère que vous filerez droit », ou : « Je vous tiendrai à l'œil », ou encore : « Si vous approchez à moins de cent mètres du gymnase avec une boîte d'allumettes dans la poche, vous achèverez vos études dans une maison de correction. » Mais ça ne se passe pas comme ça ici. Nous souhaitons satisfaire vos désirs et vous aider à respecter les nôtres. Si les deux ne correspondent pas…

Avec un sourire, il glissa le rapport rapiécé dans le dossier de Buffy, qu'il referma violemment du plat de la main. La jeune fille sursauta et se mordit la lèvre.

En sortant du bureau de M. Flutie, elle se sentait déprimée. Elle s'arrêta au milieu du couloir pour chercher son emploi du temps, mais un étudiant distrait la bouscula. Elle lâcha son sac, dont le contenu se répandit sur le sol.

Buffy s'agenouilla pour ramasser ses affaires sous le regard intrigué d'Alex qui avait assisté à l'incident. Il s'approcha d'elle pour lui prêter main-forte.

— Puis-je t'inviter… Je veux dire, puis-je t'aider ? corrigea-t-il.

— Volontiers, merci.

Il rassembla les cahiers et les stylos, puis les lui tendit.

— Je ne crois pas qu'on se connaisse.

— Je suis nouvelle à Sunnydale. Je m'appelle Buffy.

— Moi, c'est Alex. Salut.

— Merci pour le coup de main.

— On se reverra sûrement. Au moins ici, puisqu'on y suit des cours tous les deux, précisa-t-il.

— Super. Ravie de t'avoir rencontré, déclara distraitement Buffy.

Elle fourra ses affaires dans son sac et s'éloigna à grands pas.

— « Au moins ici, puisqu'on y suit des cours tous les deux », marmonna Alex en secouant la tête. Difficile de faire plus banal.

Puis il remarqua un objet qui avait roulé sous un casier. Sans réfléchir, il se baissa pour le ramasser.

— Hé, Buffy ! Tu as oublié ton…

Il baissa les yeux vers le morceau de bois qu'il tenait.

— … ton pieu, acheva-t-il, ahuri.

Mais la jeune fille était déjà trop loin pour l'entendre.

[...]

Assise au fond de la salle de cours, Buffy prenait des notes. Elle s'efforçait de ne pas perdre le fil, mais la voix monotone de son professeur d'histoire ne l'y aidait guère.

— On estime que vingt-cinq millions de personnes sont mortes en l'espace de quatre ans. La Peste Noire est originaire d'Europe. Les généraux se servaient d'elle comme d'une arme biologique primitive.

« Elle est d'abord apparue en Asie, où l'armée kipchak catapultait des cadavres infestés dans les avant-postes génois. Très ingénieux, n'est-ce pas ? Si vous observez la carte de la page soixante-trois, vous verrez de quelle façon la maladie s'est répandue...

Les élèves ouvrirent leur manuel. Buffy n'en avait pas encore ; comme elle jetait un regard à la ronde, la fille du pupitre voisin se pencha vers elle. Elle était grande et belle. Visiblement pleine d'assurance, elle portait un pantalon moulant et une chemise transparente ; tous les garçons devaient se retourner sur son passage.

— Tiens, dit-elle en poussant son livre vers Buffy, suis avec moi.

— Merci, sourit Buffy.

— Qui peut me dire quels changements sociaux a entraînés cette épidémie meurtrière ? interrogea le professeur.

Buffy crut que le cours n'en finirait jamais. Quand la cloche sonna, sa voisine put enfin se présenter.

— Je m'appelle Cordélia.

— Et moi, Buffy.

— Si tu as besoin d'un manuel, ils doivent en avoir à la bibliothèque.

— Où se trouve-t-elle ?

— Je vais te montrer.

Les deux filles sortirent dans le couloir plein d'étudiants. Cordélia jeta à Buffy un regard chargé de curiosité.

— On t'a transférée d'Emery à Los Angeles ?

— Oui.

— Quelle chance, soupira Cordélia. Je ferais un malheur pour vivre à L.A. Une ville où il y a cinq magasins de chaussures par habitant… Pourquoi es-tu venue ici ?

— Parce que ma mère voulait déménager. Elle ne m'a pas demandé mon avis, dit Buffy.

— Tu devrais te plaire à Sunnydale, la rassura Cordélia. Si tu traînes un peu avec mes amis et moi, tu ne tarderas pas à te faire accepter. Mais avant, il va falloir qu'on te teste pour savoir si tu es assez cool. Comme tu viens de Los Angeles, je te dispense des épreuves écrites. Commençons tout de suite. Le vernis noir ?

Buffy hésita.

— Démodé.

— *Ultra*-démodé, tu veux dire. Madonna ?

— Complètement ringarde.

— Les capuccinos ?

— C'est ce que boivent toutes les stars en ce moment.

— Tom Cruise ?

— Relégué au fond d'un placard par Brad Pitt… Mais il n'était pas mal dans *Entretien avec un vampire*, ajouta Buffy.

Cordélia hocha la tête.

— Bon, tu ne t'en es pas trop mal sortie.

— Ouf ! Je suis soulagée ! plaisanta Buffy, en poussant un soupir exagéré.

Elles s'arrêtèrent devant une fontaine près de laquelle se tenait une fille. Cordélia haussa un sourcil parfaitement épilé.

— Jolie robe, Willow. Ravie de voir que tu as découvert les grandes surfaces.

— En fait, c'est ma mère qui l'a choisie, répondit Willow.

— Pas étonnant que tous les mecs du lycée soient fous de toi, railla Cordélia. Tu as fini de boire ?

— Oh ! Pardon.

Willow s'écarta vivement pour laisser la place à sa camarade. Celle-ci se tourna vers Buffy.

— Si tu veux t'intégrer ici, la première chose à faire, c'est de repérer les minables. Quand tu pourras les identifier à dix mètres, tu auras beaucoup moins de mal à les éviter.

[…]

## Dans la même collection

Charmed

1. Le Pouvoir des Trois
2. Le baiser des ténèbres
3. Le sortilège écarlate
4. Quand le passé revient
5. Rituel vaudou
6. Menaces de mort
7. Le violon ensorcelé
8. Le secret des druides
9. La fiancée de Nikos
10. La statuette maléfique
11. La sorcière perdue
12. La ceinture sacrée
13. Le jardin du Mal
14. Démons sur le Net
15. Mauvaises fréquentations
16. L'ombre du sphinx
17. L'enlèvement des sorciers
18. Étranges nuées
19. Le reflet du miroir
20. Entre deux mondes

Composition : Francisco *Compo*
61290 Longny-au-Perche

*Impression réalisée sur Presse Offset par*

BRODARD & TAUPIN

GROUPE CPI

La Flèche (Sarthe), le 31-07-2006
N° d'impression : 36700

Dépôt légal : novembre 2004
Suite du premier tirage : août 2006

*Imprimé en France*

POCKET jeunesse

12, avenue d'Italie

75627 PARIS Cedex 13